Satansbraten
und Lindwürmchen

Aus der Familie meiner Tochter

droben am Samerberg

Volker Lindner

Herstellung und Verlag

BoD – Books on Demand, Norderstedt

ISBN 9783746043401

Wie Lindwürmchen noch nicht da war, war Satansbraten allein auf der Welt. Also fast. Ein paar gab es natürlich schon, auf die Satansbraten ganz sicher nicht verzichtet hätte. Und das sind

Stefan

Der große Bruder ist ganz genauso alt wie Satansbraten. Nämlich sechzehn. Satansbraten sechzehn Monate und Stefan sechzehn Jahre. Entweder blicken Eltern manchmal nicht durch. Stefan ist doch kein Name. Da ist sich Satansbraten ganz sicher. Oder es war bloß ein Spitzname, so zum Spaß. Heißen hätte er ja eigentlich Knatterich oder Höllenschlund müssen oder vielleicht Schwarzmann, weil am liebsten setzt er sich so einen schwarzen, festen Hut auf, einen, in den jetzt Lindwürmchen ganz komplett hineinpassen würde, aber die war ja zuerst noch gar nicht da, und dann saust er mit einem riesigen Ding, das auch nur so schwarz ist, durch die Gegend, und das, Satansbraten war am Anfang immer erschrocken, und das knattert aber höllisch laut.

Zu Satansbraten ist er immer lieb und Satansbraten spielt gern mit ihm. Mama dagegen kann er ganz schön anpusten, aber die ist selber schuld, wenn sie ihm was vorschreiben will oder wegen was meckert.

Laura

Bei der ist sich Satansbraten nicht ganz sicher, was sie ist. Ist sie ihre Schwester oder die zweite Mama? Weil von Anfang an hat die das Gleiche gemacht. Wie Mama. Na ja, fast das Gleiche. Also außer stillen eigentlich schon alles. Also eher zweite Mama. Ist aber auch wurscht. Hauptsache sie rennt, wenn Satansbraten ‚ä ä' und ‚da da' sagt und mit dem Finger auf was zeigt. Wenn sie Satansbraten auf dem Arm hat und mit ihr durch die Gegend hüpft, dann ist sie eher doch wieder die Schwester. Aber Schwester, das ist doch so was Kleines, so wie Lindwürmchen. Und nervös wird Laura wie ihre Mama, wenn sie was nicht findet. Zum Beispiel ihre neuen bunten Schuhe. Waren einfach weg. Fort. Nicht mehr da. Kann Satansbraten doch nichts dafür, wenn der lustige Kübel, der immer anders riecht und in den sie die bunten Dinger reingelegt hat, wenn der dann draußen in die große graue Tonne geleert wird.

Na egal, Schwester oder Mama, Satansbraten ist beides willkommen. Zweite Mama genauso gut wie Schwester. Beides nicht schlecht. Hauptsache, man kann mit Laura prima schmusen. Und das klappt immer.

Mama

Mama ist wahrscheinlich ein Teil von Satansbraten. So ein Teil wie eine riesengroße Ladestation, wo man in Sicherheit ist und immer wieder auftanken kann. Eigentlich hat Satansbraten ja schon seit einiger Zeit in einem eigenen Bettchen im Kinderzimmer geschlafen, aber jetzt, wo Lindwürmchen da ist und, obwohl sie doch noch so winzig ist, doch das halbe Bett bei Mama beansprucht, da kommt Satansbraten schon auch mal wieder her in der Nacht. Den Weg findet sie schon. Und bloß gut, dass Satansbraten jetzt da ist, wo Lindwürmchen Mama wach gemacht hat. Wenn Lindwürmchen nach dem Trinken wieder einschläft, dann kann Satansbraten der Mama was Gutes tun. Satansbraten ist so lieb, sooo lieb, und fährt Mama gerne auch zwei Stunden lang durchs Haar, dreht ein bisschen Locken, zieht ein wenig glatt, kichert ihr ins Ohr. Mama hat's gut. Der kann gar nicht langweilig werden.

Papa

Mit Papa ist das das so eine Sache. Manchmal ist der den ganzen Tag nicht da. Wenn Satansbraten an ihn denkt, dann wundert sie sich schon. Was treibt der so lange ohne sie ? Warum zum Kuckuck bleibt der nicht einfach hier, so wie Mama und Satansbraten ? Aber spielen kann er mit ihr toll, wenn er am Nachmittag oder am Abend kommt. Überhaupt ist Satansbraten stolz auf Papa, denn der war es ja, der ihren Namen erfunden hat. Das war, wie Mama aus einem unerfindlichen Grund eine ganze Woche gebraucht hatte, um Lindwürmchen zu holen aus dem Haus mit den vielen Menschen, den langen Gängen und den vielen Betten. Da ist nämlich Papa doch zuhaus geblieben. Und hat schnell gemerkt, dass Satansbraten ein guter Name ist. Satansbraten war aber auch fleißig. Sehr fleißig. Sie ist aufs Balkongeländer geklettert und hat nachgeschaut, wo's da eigentlich hin geht. Sie hat sich darum gekümmert, dass Pedro, der Hund, nicht zu dick wird und hat die Hälfte vom Hundefutter selber gegessen. Und sie hat jeden Schrank durchkontrolliert. Die meisten Sachen waren alle an der verkehrten Stelle, das hat Satansbraten ruck-zuck bereinigt. Und bei ein paar Kleidungsstücken war es außerdem notwendig, sie ins richtige Zimmer zu bringen. Also zum Beispiel Papas gute Hose, was soll denn die im Schlafzimmer. Satansbraten weiß Bescheid. So was gehört in die Badewanne.

Oma und Opa

Satansbraten ist gern bei Oma und Opa. Die zwei sind nämlich ganz leicht zufrieden zu stellen. Wenn

Satansbraten das Glas mit Wasser oder Saft ganz allein in den Händchen hält und trinkt, dann stößt Oma wahre Freudensarien hervor. Und wenn Satansbraten wie ein Profi schon aus der Flasche trinken kann ohne einen Tropfen dabei zu verlieren, dann flippt die Oma halb aus und ruft fünfmal, das hat der Opa noch mit zwanzig Jahren nicht richtig können. Und der Opa ist noch leichter zu erfreuen. Wenn Satansbraten hinter der Gardine steckt, dann weiß der nie, wo sie ist und ruft und ruft nach ihr. Und wie er sich dann jedes Mal freut, wenn Satansbraten vorschaut. So leicht bereitet man Oma und Opa also Freude.

Es gibt aber natürlich auch bei Oma und Opa einiges an Arbeit für Satansbraten. Was sollen denn auch die Päckchen Reis und Nudeln in der Küche. Satansbraten bringt alles dahin, wo es hingehört, ins Wohnzimmer. Und wie freudig Oma in die Hände klatscht, wenn das Reispäckchen platzt und die vielen winzigen weißen Dinger am Boden rumkullern. Dafür hapert's bei Oma mit der Sauberkeit, das hat Satansbraten gleich gemerkt, wie sie vor dem Fernseher so ein längliches Ding mit vielen bunten Knöpfen drauf gefunden hat. Zuerst hat sie gemeint, es ist ein Telefon, aber nix hat beim Draufdrücken gepiepst, also war's keins, aber ganz sauber war's nicht und so hat Satansbraten das Ding gewaschen in dem Waschbecken, das weiter unten ist als wie das andere Waschbecken und wo immer Wasser drin ist und wo man sich auch zum Bieseln draufsetzen kann. Sauber war das Ding danach ganz sicher. Genau kann man's nicht mehr feststellen, denn wie es beim Waschen Satansbraten aus den

Fingern gerutscht ist, ist es mit einem Blubb verschwunden gewesen.

Und Oma weiß auch jetzt, wie viel Klopapier auf einer Rolle ist. Dank Satansbraten. Erstaunlich viel.

Und Satansbraten hat auch herausgefunden, dass man mit Wasser für Blumen aus einer sauschweren, großen Gießkanne, die unheimlich viel Mühe zum Umkippen macht, dass man damit nicht nur Blumen gießen kann.

Opa macht Musik. Manchmal sehr laut und dann hat er so ein rundliches, glänzendes Gerät vor der Nase mit einem langen schwarzen Schwanz hinten dran und der Schwanz geht bis zu einem großen Kasten, wo alles, was er singt, ganz laut rauskommt. Satansbraten liebt Musik. Hat das Gerät vor der Nase was damit zu tun, dass alles so laut ist ? Bei passender Gelegenheit holt es sich Satansbraten, aber bei ihr wird nichts lauter. Also bloß Müll. Dann ist klar, wo es hingehört. Und wenn Satansbraten schon beim Aufräumen ist, dann kommen auch noch einige andere herumliegende Dinge drauf. Scheinbar aber liebt Opa das Ding. Als er an dem Tag, wo die Müllabfuhr kommt, alle Papierkörbe rausträgt, sieht er es beim Auskippen und nimmt es wieder mit ins Haus. Ach, ist Opa froh, dass er das Ding gefunden hat. Satansbraten kann so was eben, andere froh machen.

Marion

Marion, das ist die Patentante von Satansbraten. Die wohnt auch gleich nebenan, das ist praktisch. Die zwei lieben sich innig, aber Satansbraten weiß, wann's genug ist. Wenn sie drüben bei Tante Marion ist und es reicht, dann nimmt sie ohne große Worte ihre Jacke und marschiert zur Tür und winkt mit der Hand. Das heißt ich geh jetzt heim.

Tante Marion hat eine kleine Schwäche. Na, wer von uns, außer natürlich Satansbraten und Lindwürmchen, hätte keine. Jeder ist wie er ist. Wenn Tante Marion morgens mal herüberkommt, dann freut sie sich über so ein kleines Gläschen, so ein kleines, das sogar Satansbraten mit nur zwei Fingern halten kann. Und was da drin sein muss, das hat Satansbraten längst schon kapiert, ganz ohne dass jemand erklärt, einfach nur durch erleben und zuschauen. Jedenfalls : Als Tante Marion eines Morgens wieder kommt und im Flur noch mit Mantel ausziehen beschäftigt ist, da wackelt schon Satansbraten aus dem Wohnzimmer daher. Wackelt deswegen, weil die Flasche, die sie aus dem Schrank im Wohnzimmer geholt hat, ja verteufelt schwer zu schleppen ist. Tante Marion stößt einen Schrei aus und wird blass, aber nicht wegen wackeln, sondern wegen der Flasche. Weil es nämlich die richtige war. Ja, Satansbraten ist schlau. Und tüchtig.

Und jetzt .....

Und jetzt ist also Lindwürmchen da. Rosig und klein, schläft fast immer und hat die Äuglein noch nicht allzu lang auf.

Satansbraten ist noch hin und hergerissen. Auf der einen Seite ist Lindwürmchen klein und lieb. Kann man streicheln wie eine Puppe. Satansbraten gibt auch ganz vorsichtig Bussi. Auf der anderen Seite drängt sich Lindwürmchen irgendwie dazwischen, ist immer so nah dran bei Mama. Also Satansbraten ist hin und hergerissen zwischen Eifersucht und Liebe.

*

Und jetzt konkurriert Lindwürmchen auch noch mit Opa ! Nein, nicht wegen der Anzahl der Haare auf dem Kopf, da hat Lindwürmchen ja schon bei der Geburt gewonnen gehabt. Nein, es geht um was anderes.

Lindwürmchen schnarcht. Nicht so laut wie Opa. Aber sie schnarcht. Der Vorteil daran ist, dass Oma nicht mehr meckern kann deswegen bei Opa, denn jetzt gilt es ja, wenigstens diesen Konkurrenzkampf zu gewinnen. Also ein Vorteil für Opa. Aber es gibt auch einen Nachteil. Der ist, dass Mama überhaupt nicht mehr zum Schlafen kommt, denn nach jedem zweiten Schnarcher von Lindwürmchen ist sie wach und muss nachschauen. Also ein dicker Nachteil für Mama.

*

Dann hat Mama mal Lindwürmchen im Wohnzimmer ins Stubenwagerl gelegt und die ist eingeschlafen. Weil Satansbraten grad so schön gespielt hat, hat Mama gemeint, sie kann einfach so gehen, weil sie mal muss. Gleich hat Satansbraten einen Hocker hingeschoben, ist draufgeklettert und hat hineingeschaut. Das war ja entsetzlich, Lindwürmchen lag einsam da drin, allen Gefahren des Lebens nackt und bloß ausgesetzt. Nicht auszudenken, wenn jetzt ein Orkan käme. Oder ein Schneesturm. Da heißt es handeln, nicht erst lange nachdenken. Zum Glück ist Satansbraten ein Mann, pardon, eine Frau der Tat. Schnell in die Küche. Lindwürmchen ist in Gefahr, muss gerettet werden. Satansbraten findet ein paar leere Plastikflaschen, die reichen fürs erste, Lindwürmchen wird sauber und ordentlich eingedeckt damit. Halt ! Und der Kopf ? Wenn der jetzt Regen oder gar Hagel abkriegt ? Also Satansbraten nochmal runter, da, auf dem Sofa, Lauras Buch, das müsste reichen, genau, passt genau auf Lindwürmchens Gesicht. Kleine Schwester in Sicherheit. Gerettet. Was will man mehr.

*

Mit jedem Tag **eine** gute Tat, damit gibt sich Satansbraten nicht ab. Das ist zu wenig. Sie denkt mit. Als nämlich alle zum Essen am Tisch sitzen, fällt

Satansbraten auf, dass Papas Teller zwar voll ist mit Wurst und Käse und Brot, aber der wirkliche Genuss-Höhepunkt fehlt. Satansbraten sitzt ja neben Papa. Sie nimmt kurzerhand ihren frisch gefüllten Becher mit lauwarmen Tee. Eine kurze, flotte Einhundertacht-zig-Grad-Drehung mit kräftigem Schwung über Papas Abendbrotteller genügt. Das verbessert nicht nur Aussehen und Geschmack, das freut offensichtlich auch Laura und Stefan. Weil die lachen jetzt. Dass aber Papas Hose jetzt vorn plötzlich nass ist, das wäre nicht nötig gewesen, findet Satansbraten. Der hätte schon rechtzeitig aufs Klo gehen können.

*

Außerdem hat Satansbraten die Sparsamkeit neu erfunden. Sie hat quasi das Ende der Wegwerfge-sellschaft eingeläutet. Wie sie nachmittags bei Opa ist, weil Mama mit Oma zum Einkaufen muss, zeigt sie Opa stolz den bunten Klositz. Es geht also auch schon ohne Windel. Eine Zeit sitzt sie drauf, dann plätscherts. Opa klatscht in die Hände, Satansbraten auch. Dann reißt Satansbraten Klopapier ab, putzt sich vorn und hinten und lässt das Klopapier in die Schüssel fallen. Opa steht vom Badewannenrand, wo er geses-sen ist, auf, weil er denkt Ende der Vorstellung. Weit gefehlt. Satansbraten langt blitzschnell ins Klo, holt das Klopapier wieder heraus und wischt damit die Brille ab. Einfach genial. Genial einfach. Und so sparsam. Kein Putzlappen und frisches Wasser ver-braucht. Zur Nachahmung empfohlen.

*

Nicht nur, dass Satansbraten Humor hat, Satansbraten kann sogar über sich selbst lachen. Von Mama hat Satansbraten ein Muttermal geerbt, Mama hat's woanders, Satansbraten hat's auf der linken Fußsohle. Das Ding heißt Käfer. Wenn man fragt, wo ist denn der Käfer, dann zeigt Satansbraten die Sohle her. Als Laura beim Spielen einmal fragt, wo ist denn dein Käfer, da hebt Satansbraten im Sitzen den rechten Fuß, schaut selber drunter, stutzt, weil da ist ja nix, und schüttelt sich dann vor Lachen aus, während sie die linke Sohle hochhebt und dahin zeigt, wo der Käfer wirklich ist.

*

Wenn Satansbraten groß ist, dann wird sie mal Anna Netrebko. Oder mindestens Gianna Nanini. Jedenfalls kann sie mit 115 Dezibel und vor allem ausdauernd kreischen. Wie Mama mit ihr und Lindwürmchen beim Einkaufen in der Drogerie ist, hat Mama Lindwürmchen im Arm, weil die quäkselt dauernd. Also muss sich Satansbraten auch mal wieder in den Vordergrund schieben. Sirene spielen. Sie kreischt so laut an der Kasse, dass alle herschauen. Sie hört auch nicht auf, im Gegenteil, wenn man was sagt, macht sie provozierend weiter. Das muss ich mir nicht anhören, ruft die Kassiererin. Die nächste Frau hinter Mama gibt ihr recht und schimpft mit. Die übernächste schlägt sich auf Satansbratens Seite, Kind ist Kind, habt ihr keine Kinder gehabt. Das zieht sich durch die ganze Schlange an Leuten durch. Die Kassiererin hat offenbar ihren Fan-Block, aber Netrebko-Nanini in spe findet genauso viele Unterstützer. Auf alle Fälle,

Satansbraten bleibt ihrer Sache treu und kreischt weiter, bis draußen vorm Geschäft. Auf Lindwürmchen hat die Sache offenbar eine andere Wirkung, sie schläft derweil seelenruhig auf Mamas Arm ein. Und Oma ist im Nachhinein froh, dass Opa nicht dabei war. Der hätte mit Satansbraten mitgekreischt. Nur um die Frau an der Kasse zu ärgern.

*

Die nächste Geschichte ist unfair. Richtig unfair. Also gegenüber Lindwürmchen. Schließlich tut sich Lindwürmchen im Moment noch schwer, Erfolgserlebnisse so nach außen hin zu produzieren, so, dass alle Beifall klatschen. Bei Satansbraten, da sehen und hören es alle. Na egal, kommt ja vielleicht noch was von Lindwürmchen, bevor dieses Büchlein fertig ist. Also Satansbraten weiß inzwischen, dass es nicht unbedingt eine Windel sein muss. Stolz zeigt sie Mama, dass sie ganz allein großes Geschäft erledigt hat, ganz ohne die Windel zu beschmutzen. Kann man problemlos nochmal hernehmen. Satansbraten hat sich nämlich selbst ausgezogen, ist in die Dusche geklettert, hat dort Knödelchen hinterlegt und, das muss extra betont werden, und hat sich mit Klopapier abgewischt. Wie es sich gehört. Klopapier liegt neben den Knödeln. Nur mit dem Runterspülen von den Dingern, da hat's nicht geklappt. Wasser hin, Wasser her, die wollten da nicht den Abfluss runter. Das geht dann beim nächsten Durchfall um einiges leichter.

*

Verstehen tut Satansbraten ja schon seit einiger Zeit alles, was man sagt. Na ja, Mama und Papa, das sagt sie auch schon länger. Aber jetzt fängt sie an, sich auch bei Fremden verständlich zu machen. Wie sie mit Mama beim Metzger ist, schaut sie die verschiedenen Wurstsorten durch. Wie die Verkäuferin Mama bedienen will, zeigt Satansbraten auf eine Wurst und ruft laut ‚jammi, jammi, jammi, jammi'. Die Verkäuferin schaut Mama an und fragt ‚Wieviel?'.

*

Oma und Opas Hund heißt eigentlich Debbie. Satansbraten hat ihn ein bisschen umgetauft. Sie ruft Bebbi. Bebbi ist zwar vorsichtig, hat aber Satansbraten gern und hört jetzt auf beide Namen.

*

Wenn Mama nur mitmachen würde, dann wäre Satansbraten ein billiges Kind, die Hälfte vom Kindergeld könnte man glatt verjubeln. Satansbraten trinkt das Wasser aus den Blumentöpfen, aus der Hundeschale, das Regenwasser aus dem Spielzeugeimer im Sandkasten. Andere Kinder jammern nach Süßigkeiten, Satansbraten liebt die Hunde-Leckerli und findet auch immer wieder welche.

*

Einen Schrank in Omas Küche gibt es, der ist tabu für Satansbraten. Was da drin ist, ist nichts zum Spielen. Putzmittel und so Sachen. Und deswegen ist der immer konsequent von Oma zugebunden, Satansbraten kennt das nicht anders. Haben wir es schon erwähnt : Satansbraten ist schlau. Wer jetzt denkt, Satansbraten öffnet den Schrank doch, denkt falsch. Wie Oma nicht da ist, hat Opa vergessen zum Zubinden. Satansbraten sieht, was los ist, holt Opa an der Hand, zeigt drauf und ruft empört ,da-da-da-da-da-da'. Als endlich alles so ist wie gewohnt, nickt sie zufrieden und probiert, ob man den Knoten aufbringen kann. Alles ok. Geht wie bei Oma nicht auf. Satansbraten nickt noch einmal zufrieden und wackelt davon.

*

Eier üben auf Satansbraten eine unheimliche Anziehungskraft aus. Wenn es morgens gekochte gibt, dann ist sie zur Stelle. Das schmeckt. Woher soll Satansbraten wissen, dass es Unterschiede gibt, alle diese Dinger sind außen gleich. Weiß und eiförmig. Beim Einkaufen hat Mama gerade gezahlt und geht den ersten Schritt von der Kasse weg, da sieht Satansbraten was. Ganze Lagen voller prachtvoller Eier. Weiß und oval. Allerdings noch nicht gekocht, aber woher soll man sowas denn wissen. Satansbraten schlüpft unter der Metallabsperrung noch einmal zurück in den Laden und stellt rasch fest, dass die Eier sehr lustig ausschauen, wenn man so eine Lage in Richtung Erdmittelpunkt bewegt. Lustig und glitschig.

*

Und jetzt kommt Lindwürmchen doch noch ins Spiel. Endlich. Allerdings nicht sehr vorteilhaft. Denn an den nächsten fünf Katastrophen, die passieren, ist Lind-würmchen schuld. Eindeutig. Satansbraten kann da gar nichts dafür. Alles geht auf Lindwürmchens Konto. Lässt sich ganz einfach beweisen. Denn immer, wenn was los war, war Lindwürmchen gerade einen heben an der Milchbar. Wegen ihr hat also Mama nicht aufpassen können. Also ist Lindwürmchen schuld. Gibt's keine Ausreden.

Fall eins : Lindwürmchen trinkt und trinkt. Wasser im Bad läuft und läuft. Keiner hat bisher Satansbraten erklärt, dass man den Hahn auch andersrum drehen kann. Also Wasser läuft und läuft. Boden leicht feucht. Boden wird nässer. Satansbraten ist glücklich, endlich kann man mal richtig pritschln. Wasser läuft bis Badewanne. Wasser läuft bis Waschmaschine. Wasser findet sogar Weg in den Flur. Lustig. Bloß zum Schwimmen lernen hat's nicht ganz gereicht.

Fall zwei : Lindwürmchen trinkt und trinkt. Satansbraten malt und malt. Laura hat in ihrem Zimmer so ein liebes kleines Köfferchen, da sind so Sachen drin, mit denen malt sich die große Schwester ab und zu im Gesicht rum oder gibt den Fingernägeln ein neues Aussehen. Satansbraten stellt fest, dass man Köfferchen ganz leicht aufmachen kann. Satansbraten stellt weiterhin fest, dass man nicht nur Gesicht anmalen kann. Geht auch an der Wand. Klappt auch beim Schrank. Sogar das Bett lässt sich damit verschönern. Was wird Laura stolz sein, wenn sie von der Schule heim kommt. Weil Satansbraten eindeutig künstlerische Qualitäten gezeigt hat.

Fall drei : Lindwürmchen trinkt und trinkt. Satansbraten ist so brav und taktvoll und stört Lindwürmchen und Mama nicht. Obwohl sie so dringend bieseln muss. Doch nicht in die Windel, die kostet doch Unsummen an Geld. Windel ab, beiseite gelegt. Küchenboden genügt doch völlig. Lindwürmchen ist unterm Stillen eingeschlafen. Mama hat sie ins Bett gelegt und kommt dann in die Küche. Zwei Schritte, dann rutscht Mama auf der von Satansbraten produzierten Feuchtigkeit aus und knallt hin. Eine Ader in der Hand geplatzt, zwei blaue Flecken an den Armen. Soweit so schlecht. Gut daran war, dass Mama mit dem Rock beim Fallen alles gleich aufgewischt hat. Hat sie keinen Eimer und Lumpen mehr holen müssen.

Fall vier : Mama schneidet Knödelbrot für die Mittagsknödel und geht dann zum Stillen ins Wohnzimmer. Lindwürmchen trinkt und trinkt. Satansbraten ist nicht zu sehen. Wie gehabt, Lindwürmchen schläft ein, wird ins Bett gelegt. Mama geht in Küche, will weitermachen. Alles Knödelbrot verschwunden. Der Hund ist im Garten. Also unschuldig. Satansbraten sitzt im Kinderzimmer und spielt. Schaut unschuldig aus. Mama fängt von vorne an. Erste Portion Knödelbrot bleibt verschwunden. Bis Mama ein paar Tage später Satansbraten ihre Gummistiefelchen anziehen will. Geht nicht besonders gut. Sind nämlich beide bis oben hin voll gefüllt.

Fall fünf : Satansbraten isst ja schon längst richtig mit. Früh, mittags, abends. Aber Milumil-Fläschchen ab und zu, das liebt sie. In letzter Zeit ist Milchpulver ziemlich schlecht zu kriegen. Liegt daran, haben sie im

Fernsehen gesagt, dass nach dem ungeheuren Milch-pulver-Verseuchungs-Skandal in China die Reichen dort nur noch Milchpulver aus Deutschland kaufen. Also Mama hat in drei Geschäfte fahren müssen deswegen. Aber jetzt ist eine Schachtel von dem Zeug da. Prima. Und wie sonst auch, Lindwürmchen trinkt und trinkt. Satansbraten knetet und knetet. Der Inhalt der Schachtel hat sich erstaunlicherweise im Hunde-Wassernapf zu einer dicken breiigen Masse verändert. Und die kann man auseinanderziehen, kneten, rollen, festkleben. Wenn Satansbraten ganz fest drückt, dann schmiert der Teig lustig durch die Finger. Satansbraten gluckst vor Spaß. Selbst erfundenes Spielsach ist eben immer noch das beste. Das steigert die Kreativität enorm.

*

Was macht man, wenn man etwas verschüttet hat ? Na, was, aufwischen muss man die ganze Sache. Man holt Lumpen oder Papier von der Küchenrolle. Satansbraten hat diese Geschichte revolutioniert. Wie gehabt, einfach genial und genial einfach. Schlichte Gemüter reagieren im Nachhinein. Satans-braten agiert vorher. Satansbraten holt sich ein paar Blatt von der Küchenrolle, breitet sie sauber am Boden aus. Danach nimmt sie die Limo und kippt sie drüber. Kein Aufwischen im Nachhinein mehr nötig ! Tja, gut dran, wer vorher denkt.

*

Es ist Sonntag. Alles läuft ein bisschen ruhiger, Zeit spielt keine große Rolle. Als Mama Oma anrufen will, findet sie das Telefon nicht. Langwierige Suchaktion. So schnell kommt man schließlich nicht drauf, dass Satansbraten das Ding im vollgefüllten Hunde-Wassernapf versenkt hat. Und wie lang es schon drin liegt, weiß natürlich auch keiner. Ganz ungeschickt ist Mama nicht, sie baut auseinander, was man auseinanderbauen kann. Bis alles trocken ist, dauert's. Aber es funktioniert wieder ! Wahnsinn ! Gleich ruft Mama Oma an, um ihr das zu erzählen. Das ist dann allerdings auch das letzte Mal, dass man sowas machen kann mit dem Ding. Nach diesem einen Gespräch gibt das Telefon endgültig auf. Kein Pieps, kein Ton, kein Telefonieren mehr.

*

Übrigens Hundenapf : Wenn Satansbraten Stirn und vorderen Haarschopf klatschnass hat, dann weiß Mama, dass sie nicht nachfragen muss, ob Satansbraten Durst hat. Dann hat sich das schon erledigt. Mama muss dann nur den Wassernapf von Hund Pedro wieder auffüllen.

*

Jetzt, wo's so heiß ist, muss man die zarte Kinderhaut schützen. Nicht mit irgendeiner windigen billigen Sonnencreme, nein, Mama hat schon was Besonderes gekauft. Kostet was, ist aber laut Apothekerin sehr sehr gut. Wie Mama ins Kinderzimmer schaut, hat Satansbraten bereits für Wochen vorgesorgt.

Tüchtig, tüchtig. Die Tube ist leer. Satansbraten inklusive Kleidung von Kopf bis Fuß dick eingeschmiert. Jetzt nicht mehr waschen, dann reicht's für den gesamten Sommer.

*

Und schon wieder Lindwürmchen. Ich glaub, die kann nicht anders. Immer provoziert sie Katastrophen. Mama war wirklich nur kurz raus aus dem Zimmer, nur schnell was ins Schlafzimmer räumen. Wer weiß, was Lindwürmchen inzwischen eingefallen ist, vielleicht wollte sie zündeln. Oder hat davon geträumt. Was auch immer, Satansbraten hat auf alle Fälle rechtzeitig gehandelt. Eine ganze Flasche Limo über Stubenwagerl und Lindwürmchen geleert. Zwar eher präventiv, aber immerhin feuerwehrreif gelöscht. Oder war das ein Vorzeichen : Satansbraten wird in ihrem Leben nichts anbrennen lassen ?

*

Könnte auch sein, dass Satansbraten bei der Berufswahl die Eignung als Vorkoster erweist. Vielleicht hat ja irgend ein Royal dann Bedarf. Zu Besuch bei Tante Marion hat Satansbraten nämlich deren Hautcreme aus der Dose aufgegessen. Testergebnis : Giftig war sie scheinbar nicht, aber doch etwas zu viel Parfum drin. Satansbraten duftete den ganzen Abend, als wenn sie Eintrittskarten zum Wiener Hofball gewonnen hätte.

*

Wenn's darum geht, was jeder wird, dann muss eingestanden werden, dass Lindwürmchen prädestiniert ist dafür, Revoluzzer zu werden. Vor vierzig Jahren hieß es noch, legt eure Babys auf den Bauch zum Schlafen. Das sei sicherer und besser. Heute ganz anders. Mama ist von Kinderarzt und Krankenschwestern mehrmals eingeschärft worden, Lindwürmchen ja nicht auf den Bauch oder auf die Seite zu legen. Auf keinen Fall ! Lindwürmchen sch... sich was um solche Anordnungen. Lindwürmchen liegt am liebsten auf dem Bauch. Heute war sie bei Oma im Garten auf der Decke. Auf dem Bauch. Lindwürmchen lächelt glücklich vor sich hin. Links sitzt Oma, rechts sitzt Opa. Die zwei sind auch glücklich, weil Lindwürmchen dreht im Schlaf Köpfchen mal zu Oma, dann wieder zu Opa. Und es bleibt dabei, ob links, ob rechts, Lindwürmchen lächelt zufrieden und schläft selig.

*

Übrigens Hundenapf : Dass das noch gar niemandem aufgefallen ist ? Gut also, dass Satansbraten es überprüft hat. Dieser Trinkbehälter ist sein Geld nicht wert. Es passt zusätzlich zum Wasser nicht einmal ein ganzer Liter Milch hinein. Wenn man den Napf nämlich damit füllen will, dann verteilt sich ein großer Teil davon rundum auf dem Küchenfußboden. Blieb also in diesem Falle Satansbraten gar nichts anderes übrig, als erst die Milch vom Boden wegzuschlecken.

*

Haben wir es schon erwähnt ? Lindwürmchen ist ein Revoluzzer. Zuerst ist sie bei der Geburt ein bisschen im Becken hängengeblieben. Jetzt kriegt sie ein paar Therapiestunden, na ja, nicht ganz so wie Krankengymnastik, aber die Therapeutin fingert an ihr rum und schiebt alles wieder in die richtige Lage. Mit dem rechten Ärmchen hat sie angefangen. Plötzlich gibt Lindwürmchen einen riesigen erleichterten Seufzer von sich, bewegt das Ärmchen richtig und lächelt zufrieden. Weiter unten hat sie sich auch erleichtert im selben Moment, hier aber gewaltig mehr. Die Windel kann gar nicht alles abfangen, aber macht nichts, das erledigt die weiße Hose der Therapeutin. Also jetzt ist die allerdings nicht mehr geeignet für Waschmittelwerbung blütenweiße Wäsche. Aber Lindwürmchen hat schon recht, bei dem Stundenhonorar muss Reinigung auch drin sein.

*

Nein, sagt Mama, der Kühlschrank bleibt zu ! Du holst keine Eier und keine Milch mehr raus ! Den Gefallen kann Satansbraten ihr schon tun, es geht ja auch anders. Satansbraten kann nämlich inzwischen schon Türen öffnen. Und was gibt's Schönes in der Speisekammer ? Vorher nix Besonderes, aber jetzt, wo Satansbraten drin war, ist fein säuberlich auf jeder Bierflasche ein Ei aufgeschlagen. Papa hat gut lachen, der kann sein Bier trotzdem trinken. Mama war nicht so begeistert.

*

Reiche Leute haben einen begehbaren Kleiderschrank, mit Licht und womöglich mit Klimaanlage.
Kann Satansbraten nur lachen darüber. Satansbraten
nutzt normalen Kleiderschrank im Schlafzimmer auch
ohne solchen Schnickschnack. Satansbraten zieht sich
das Kleid aus, macht die Windel runter und benützt
dunkle Ecke im Schrank für wichtiges Geschäft. Hätte
Mama wahrscheinlich irgendwann sowieso am Geruch
gemerkt, aber Satansbraten ist fair. Holt Mama her,
zeigt auf offene Schranktür und sagt : Gaga, gaga.

*

Spät kommt die Rache, aber sie kommt. Erinnern wir
uns daran, dass Satansbraten Pedro, dem Hund, die
Hälfte vom Futter weggegessen hat ? Satansbraten
zieht sich wieder mal selber aus, diesmal in aller
Öffentlichkeit und macht auf Wohnzimmerteppich.
Und jetzt kommt die Rache fürs weggegessene
Hundefutter : Pedro frisst das Gaga gaga komplett
auf. Unpassend ist allerdings jetzt das alte Sprich-
wort ‚Rache ist süß'.

*

Was lag Oma dem Opa schon in den Ohren von wegen
Spülmaschine anschaffen, braucht man kein Geschirr
mehr abwaschen, macht alles die Maschine. Satansbraten ist auf Opas Seite und beweist, dass schon was
Passendes im Haus ist. Braucht kein Geld ausgegeben
werden dafür. Satansbraten wirft nach dem Kaffeetrinken alles Besteck ins Klo und drückt die Taste.
Was danach noch da war, war sauber. Steht nur zu

befürchten, dass Oma stur und unbelehrbar ist und Opa weiter nervt mit teurer Maschine.

*

Papa bringt mit Anhänger eine selbstgebaute Bank zu Satansbratens Onkel. Der lebt mit seiner Familie auf einem Bauernhof. Satansbraten darf mit. Damit in Ruhe ausgeladen werden kann, bittet Papa den achtjährigen Cousin Leo, auf Satansbraten aufzupassen. Als Satansbraten wieder ins Auto eingeladen wird, sagt Leo : ‚Des is aba a wuide Hex ! De glangt an Weidezaun hi ohne zun zahna !"

*

So ein aufblasbares Planschbecken erfüllt endlich mal einen Riesenwunsch von Satansbraten : Planschen und spritzen nach Herzenslust. Wenn man sich ausgetobt hat und es noch halb voll Wasser ist, kann man auch ruhiger weiterspielen. Hol dir Spielzeug, hat Mama gesagt, und nimm's mit rein. Sie hat nichts davon gesagt, dass es nur *eine* Sorte Spielzeug sein dürfte. Also holt sich Satansbraten Spielzeug von Papa. Erstaunlich, wie schön schwarz alles im Planschbecken wird, wenn man einen ganzen Sack Holzkohle reinschüttet. Die war wahrscheinlich richtig schmutzig. Da war's höchste Zeit, dass die ins Wasser kam.

*

Vorsicht, Hundescheiße, sagt Mama, steig nicht rein ! Aber bevor man die Welt nicht erobert hat, kennt man sie doch nicht. Satansbraten stapft also genau in die braune Wurst hinein. So, sagt Mama sauer, jetzt hast du den Mist am Schuh. Kann Satansbraten nicht bestätigen, bevor sie's nicht sieht. Sie setzt sich auf den Boden und zieht den Fuß ganz nah ans Gesicht. Äh, ruft Mama, des is bäh ! Sagen kann man viel. Satansbraten probiert aus, ob's wirklich bäh ist und fährt mit der Zunge drüber. Tatsächlich, irgendwie hat Mama recht gehabt. Schmeckt wirklich nicht besonders. Kann man nur hoffen, dass Satansbraten nicht bei der nächsten Hundescheiße die Gegenprobe macht.

*

Satansbraten kann Prioritäten setzen. Verstehen tut sie ja schon lange alles, was man sagt. Wenn Mama in der Küche zu ihr sagt, hol mir mal Zwiebeln, dann wackelt sie zur Speise und bringt tatsächlich welche. Und jetzt wartet alles gespannt darauf, was sie außer Mama, Papa und solchem Normalsach als erstes sprechen wird. Telefon klingelt bei Oma. Mama ist dran und gibt Hörer an Satansbraten weiter. Satansbraten sagt : Ama, Eis ! Das ist was ich Priorität setzen nenne.

*

Satansbraten beaufsichtigen, das ist keine so leichte Sache. Tante Marion ist da noch etwas unbedarft. Auf ihrem Wohnzimmertisch hat sie eine wertvolle Glasschüssel stehen, so für Obst oder Süßes oder so. Satansbraten hebt die mit einem Ruck hoch, so viel Kraft hat sie schon lang. Nein, sagt Tante Marion, die nicht, die Schüssel ist nicht zum Spielen, nimmt sie

Satansbraten weg und stellt sie wieder auf den Tisch. Kaum ist Tante Marion einen Meter weg, nimmt Satansbraten die Schüssel wieder, schaut Tante Marion herausfordernd an und - lässt die Schüssel auf den Boden krachen. Ach was, auch teure Scherben bringen Glück.

*

Satansbraten beaufsichtigen, das ist eine Herkulesarbeit, selbst wenn man schon so viel gewöhnt ist wie Mama. Für die Urlaubsfahrt hat sie Mückenmittel gekauft. Satansbraten hat den Küchenboden damit eingeschmiert. Mama kauft neue Flasche. Wie, weiß man nicht genau, aber Satansbraten hat auch die neue erwischt. Diesmal aber shampooniert sie sich damit die Haare. Statt froh zu sein, dass ab jetzt keine einzige Mücke mehr auch nur annähernd in Satansbratens Reichweite kommt, hat Mama Satansbraten in die Dusche gestellt.

*

Satansbraten revolutioniert einfach alles. Egal, in welchem Gebiet, Satansbraten setzt neue Maßstäbe. Und sie führt es auch gleich allen vor, denn nachdem auf dem Campingplatz neben dem eigenen auch der Wohnwagen von Oma und Opa steht, hat sie genug Publikum. Satansbraten legt sich auf den Bauch, es sieht so aus, als ob sie gleich Liegestütze machen möchte. Aber nur der Po geht hoch. Und schwupp, schießen zwei dunkle Knödelchen nach oben in die Luft. Leider konnten die beiden die Erdanziehungskraft doch nicht überwinden, wäre ja auch praktisch gewesen, Entsorgung ins Weltall. Nein, der Abschussdruck genügte leider nur für wenige Zentimeter. So blieb das Entsorgungsproblem doch wieder nur in irdischen Händen. Und auf alle Fälle : Falls Satansbraten mal Astrophysikerin werden will, muss man sie beizeiten darauf hinweisen, dass sie noch einiges zu lernen hat, wenn sie Erfolg haben will beim Abschuss von unbemannten Raumkörpern ins All.

*

Mittelscharfer Senf. Das Problem mittelscharfer Senf traf Laura. Die in doppeltem Sinne treffende Bezeichnung stammte von Cousin Sascha, der dabei war, aber statt Rettungsmaßnahmen einzuleiten nur albern herumlachte. Verursacher des Problems war Lindwürmchen. Ein beachtlicher Teil an Schuld ist auch Oma zuzuweisen, denn die hatte vorgeschlagen, bei diesem Superwetter auf dem Campingplatz doch Lindwürmchens unterer Hälfte auch mal das Vergnügen von Frischluft zukommen zu lassen. Nicht ewig diese Windeln. Das war die Grundlage für das Problem mittelscharfer Senf. Laura hat die kleine Schwester auf dem Schoß und schäkert mit ihr. Entweder die Frischluft oder gute Verdauung, ist ja auch egal. Jedenfalls läuft an Lauras Beinen plötzlich eine solche Menge an hellbrauner Soße runter, dass sie nur noch Lindwürmchen in den Armen hält und sich nicht mehr zu bewegen traut. Schließlich steht sie in senffarbener Pfütze und hat attraktive Streifen in ebensolcher Farbgebung an Ober- und Unterschenkel. Die einzige, die sich bei der ganzen Aktion sichtlich wohlgefühlt hatte, war Lindwürmchen.

*

Mittlerweile ist Satansbraten achtzehn Monate alt und zeigt in der Runde am Campingplatz ihre Sprachbegabung. Das Zeug für Deutschlehrerin an einer höheren Schule hat sie allemale. Mama, Papa, Oma, Opa, das geht ja schon lang. Jetzt kann sie mehr. Sie sagt *biesin* und *gaga*, wenn die Zeit dafür da ist. *Handi*, *Mund'*, *Ohr'*, *Fußi* sind inzwischen geläufige Fachausdrücke. Auch lebensnotwendige Begriffe wie *ja*, *naa* oder *Duscht* verwendet sie ohne Probleme. Ein bisschen schwierig sind natürlich die Namen. Zu Laura hat sie eine Zeit lang *Aua* gesagt, jetzt ist sie schon beim deutlicheren *Aura*. Cousin Sascha war zunächst nicht so begeistert über die Anrede *Asch*, nun sagt sie *Aschi*, das ist nicht schlecht, das macht jünger. Ganz besonders schwierig ist der Name Lindwürmchen, aber da hält sich Satansbraten an Mama. Die hat nämlich schon so oft uii gesagt, wenn sie ihr kleines Lindwürmchen aus der Windel wickelt, also heißt die bei Satansbraten *Uija*. Klingt doch gut und einleuchtend. Schlecht weg kommt einzig und allein der große Bruder Stefan. Hier weigert sich Satansbraten. Der Name ist ihr zu schwer oder gefällt ihr nicht, aber das haben wir ja bereits auf der ersten Seite vermutet. Und eines der erfreulichsten Wörter der deutschen Sprache beherrscht Satansbraten auch schon, nämlich du. Satansbraten sagt, wo es passt, *du*, und natürlich auch in der richtigen Bedeutung. Wenn

sie es zu Opa sagt, kann es aber auch ‚bei dir'
bedeuten.

*

Satansbraten zeigt eine enorme Bandbreite an po-
tenziellen Berufseignungen. Sagt man so ? Egal, sie
könnte jedenfalls später auch mal Technikerin werden.
In Omas/Opas Wohnwagen zu spielen, ist zu schön. Da
findet man hunderte von Sachen, wo Opa gleich
hochspringt und wieder wegnehmen will. Manchmal
findet man aber auch, ohne dass Opa was merkt. Bist
du bescheuert, meint Oma in tiefer Nacht, als sich
der digitale Wecker durchdringend laut meldet, für
was stellst du das Ding auf diese Uhrzeit. Und das
Ding abzustellen, dafür braucht man wahrscheinlich
eben einen dreijährigen Technikerkurs. Hat Opa aber
nie mitgemacht. Ebensowenig hat er den verfluchten
Kasten für diese Zeit eingestellt. Opa wüsste gar
nicht, wie das geht. Dauert also eine Zeit, bis wieder
Ruhe ist. Na, ist doch nicht so schlimm. Kann man doch
am Morgen die verlorenen Minuten wieder einschlafen.
Noch bevor die Sonne aufgeht, geht's ein zweites Mal
los. Zweiter Alarm. Gleiches Theater. Das war sehr
vorsorglich gedacht vom wirklich Schuldigen. Von
Satansbraten. So zwingt man ein etwas älteres Hirn,
sich mit modernen Sachen zu befassen. Kampf dem
Alzheimer. Jetzt weiß Opa nämlich, wie man den
Kasten bedient. Falls er es nicht bis zur nächsten
Katastrophe wieder vergessen hat.

*

Es hat nicht anders sein können. So musste es kommen. Satansbratens erster kompletter Satz hat was Besonderes sein müssen, anders ging es gar nicht. Satansbraten sitzt mit Mama und Papa am Strand, batzelt im nassen Sand und lässt sich von den ersten Wellen umspülen. Als in einiger Entfernung der Eismann daher kommt und man seine Werbemelodie hört, schaut Satansbraten auf und sagt : Außi, i Eis, Papa Bier !

*

Als Mama dann abends sagt, ich geh jetzt duschen, da kommt von Satansbraten laut und deutlich : I aa duschn.

*

Satansbraten sitzt mit Papa im Sand am Meer. Also erstens, wo sollte da ein Klo sein. Und zweitens, wo bitte schön sollte Satansbraten jetzt die Zeit dafür hernehmen. Inzwischen könnte die Sandburg ja gestohlen werden. Also vernachlässigt Satansbraten großes Tamtam. Kackt einfach in den Sand. Und Papa ? Der kann von Glück reden, dass ihn kein Carabinieri verhaftet. Papa nimmt schnell Satansbratens Schaufel, Loch. Schwupps, rein damit. Zugeschaufelt. Mal sehen, ob's nächstes Jahr noch drin ist.

*

Oma hat eine Brille, Mama hat eine Brille. Oma kann ohne nix mehr lesen, hat also das Ding oft auf der Nase. Mama eher selten. Neulich hat sie ihre im Bad liegen gelassen. Satansbraten hat sie gefunden. Jetzt erwartet jeder, Satansbraten hätte sie auf irgendeine Weise entsorgt. Nein, im Gegenteil. Satansbraten kommt ins Wohnzimmer, hat Mühe, das Gesicht starr zu halten, damit das Ding nicht von der Nase runter fällt und verkündet laut : I Oma !

*

Und endlich hat sich Satansbraten mal etwas ganz Neues ausgedacht. Satansbraten kennzeichnet alle, mit denen sie zu tun hat. Und die sie erwischt. Opa zum Beispiel hat noch nichts abgekriegt. Aber andere. Mama hat einen Riss in der rechten Backe, Laura ganz genauso. Lindwürmchen hat sowas am linken Bein. Nämlich : Satansbraten sagt ei-ei und langt hin, es folgt aber zwicken und kratzen. Und das nicht schlecht. Im Möbelhaus ist ein Cafe und daneben Spielgelegenheit für die lieben Kleinen. Das nützt Satansbraten aus. Zum Schluss haben fast alle lieben Kleinen was im Gesicht, das Geheule ist groß, etliche Mamas schimpfen. Satansbraten schaut unschuldig aus der Wäsche und sagt bloß : Ei-ei.

*

Beim Spazierengehen hat Satansbraten den Finger in der Nase und holt ein ziemlich großes unappetitliches Stück heraus. Als sie es in den Mund stecken will, ruft Mama entsetzt, mach's ned, des is pfui. Aha, denkt sich Satansbraten vermutlich, Mama will's wohl haben. Also bietet sie ihr das Ding an. Mama lehnt ab. Na gut, bleibt ja noch Papa. Satansbraten hält's ihm hin. Äh pfui, der will's auch nicht. Da kommt gerade ein fremdes Ehepaar entgegen. Satansbraten geht hin, sagt ‚Mann' und will diesem das bisher von allen unerwünschte Stück überreichen. Unverständlicherweise lehnt auch der fremde Mann ab.

*

Mama war mit Satansbraten und Lindwürmchen beim Baden. Als sie heimkommt, steht gerade Tante Marion im Garten. Mama nimmt Lindwürmchen auf den Arm zum Ratschen, Satansbraten darf inzwischen auf dem Fahrersitz bleiben, dort spielt sie gern. Öfter mal was Neues. Also was, was noch nicht da war. Als Mama das Auto in die Garage fahren will, duftet es etwas anders als sonst im Wagen. Diesmal hatte Satansbraten vor dem Beifahrersitz auf die Fußmatte gemacht. Mama kann von Glück reden, dass das nicht auf der Fahrerseite war, da wär sie garantiert reingestiegen.

*

Eigentlich müsste Opa längst Bescheid wissen. Lacht immer, wenn den anderen mit Satansbraten was passiert. Na, vielleicht lernt er jetzt dazu. Opa ist nämlich im Wohnzimmer, während Satansbraten im Bad auf dem Klo sitzt. Sie sollte eigentlich rufen, wenn sie fertig ist. Satansbraten ruft nicht, kommt gleich ganz fertig ins Wohnzimmer. Nebenbei - wie schafft sie es nur in so kurzer Zeit? - hat sie die Dose mit Hautcreme völlig geleert. Das Kleidchen war mal tiefrot, jetzt ist es apart aufgehellt mit glänzenden Fleckchen. Kopf, Arme, Haare auch ordentlich eingeschmiert. Sogar die braune Badtür glänzt innen stolz mit kleinen weißen Tüpfelchen. Den dicken Batzen Überschuss, den Satansbraten noch in der Hand hat, schmiert sie großzügig Opa ins Gesicht.

*

Von Onkel Dieter ist Satansbraten fasziniert. Zuerst war er ihr unheimlich, denn er sitzt die ganze Zeit in einem komischen Stuhl mit Rädern, und statt so wie sie herumzulaufen fährt er sitzend durch die Gegend. Mittlerweile schaut sie, wenn sie zu Oma und Opa kommt, als erstes, ob Onkel Dieter da ist, und wenn ja, geht sie zu ihm. Dieses Mal hat sie erlebt, wie ihm etwas passiert ist. Nach dem Duschen rollt er zurück in sein Zimmer, nimmt eine Kurve zu eng, bleibt mit einem Zeh an der Kante hängen und zieht danach eine Blutspur bis in sein Zimmer. Satansbraten beobachtet aus nächster Nähe, wie Oma die Wunde versorgt und danach das Blut aufwischt. Das hat sie schwer beeindruckt. Zuhause erzählt sie Mama, was passiert ist und schmückt die Geschichte etwas aus. Satansbraten: *Onl Dida aua. Oma weint.* Mama: *Hat der Opa auch geweint ?* Satansbraten entscheidet sich für eine Aussage, die die Dramatik unterstützt und nickt: *Opa weint.* Mama will Dichtung und Wahrheit nachprüfen und fragt: *Und die Debbie, hat die auch geweint ?* Auf so eine Fangfrage reinzufallen, das passiert Satansbraten nicht, also antwortet sie ohne zu überlegen: *Nein.*

*

Wie Satansbraten dazu kommt, weiß kein Mensch. Endlich hat sie sich bereit gefunden zu akzeptieren, dass auch der große Bruder einen Namen hat. Seit einiger Zeit sagt sie Bessi zu ihm. Fordert man sie auf, Stefan zu sagen, heißt die Antwort Bessi. Fragt man sie nach dem Namen ihres Bruders, erwidert sie hartnäckig Bessi. Hartnäckig und stur. Aber der große Bruder ist auch nicht anders, der will hartnäckig und stur bei Stefan bleiben. Na, vielleicht findet sich irgendwann einmal ein Kompromiss, so etwa in Richtung Beffan oder Stessi. Oder Satansbraten entscheidet sich für was ganz anderes.

*

Oh neun ! Mehr werden die Kurgäste, die Oma und Opa und Satansbraten im Buggy auf dem Weg zum Spielplatz begegnet sind, nicht verstanden haben. Aber oh neun hat sie natürlich nicht gerufen. Es ging um etwas ungeheuer Wichtiges. Opa hat Satansbraten nämlich einfach in den Buggy gesetzt und ist losmarschiert. Satansbraten ist das aber von Mama anders gewöhnt. Und deswegen hat sie energisch *onoin !* gerufen, im Auto macht Opa das ja schließlich auch nicht anders : Oschnoin ! Anschnallen !

*

Tante Claudia wohnt in Niederbayern, ein bisschen weiter weg. Das Besondere an ihr ist, sie hat Pferde und ein Muli. Letzteres weicht allen Menschen aus, lässt sich nicht gern anfassen. Mama, Satansbraten, Laura, Lindwürmchen und Oma fahren mit dem Auto hin zu Besuch. Laura kann reiten, sie ist nicht zum ersten Mal dort. Satansbraten und Lindwürmchen schon. Sie machen aber alle beide ihrem Namen Ehre. Satansbraten sitzt auf dem Pferderücken, als hätte sie nie etwas anderes gemacht, sie kennt weder Scheu noch Angst. Mama hat Lindwürmchen auf dem Arm und zeigt ihr die Tiere. Da kommt das Muli langsam näher, schnuppert, und - reibt die Nase an Lindwürmchen. Endlich ein Wesen gefunden, vor dem man alles Misstrauen einfach so ablegen kann.

*

Auf der Heimfahrt. Mama fährt, Lindwürmchen und Satansbraten sind auf der Rückbank in ihren Sitzen. Lindwürmchen weint und schreit und hört nicht auf. Satansbraten beugt sich aus ihrem Sitz, so gut es geht, hinüber zur kleinen Schwester und sagt im gleichen Tonfall wie sonst immer Mama : Uija, nein weinen ! Nein weinen, Uija ! Doch Lindwürmchen lässt sich nicht beruhigen und plärrt weiter. Satansbraten ist schlau, überlegt und versucht es nach einer Weile mit Logik. Sie ruft : Uija, nein weinen ! Mama nein weinen, Oma nein weinen, Elli nein weinen. Uija nein weinen ! Klasse gedacht. Leider aber hat Lind-würmchen noch gar nichts übrig für Logik und macht weiter Mordsgezeter bis zu Hause.

*

Übrigens : Onoin ! Satansbraten lässt sich von niemandem mehr anschnallen, weder im Buggy noch im Auto. Sie macht das selbst ! Lang hat's gedauert, bis

Opa kapiert hatte, wie das System in ihrem Autositz funktioniert, und jetzt war alles Mühen und Denken für die Katz. Weil Opa darf's nicht mehr machen. Satansbraten sagt bloß zu ihm : Nein, i ! Und sie macht's selber. Schneller als Opa.

*

Ganz egal, wie Satansbraten es gemeint hat, in beiden Fällen macht ihre Aussage Sinn. Das Wörtchen *hi* kann bei uns ja verschiedene Bedeutungen haben. Etwas ist hin, also kaputt, oder wo ist die Oma hin, also wo ist sie jetzt. Besuch sitzt mit am Kaffeetisch. Satansbraten lässt sich von Opa füttern. Plötzlich bemerkt sie, dass eine Person, die ihr vorher gegenüber saß, nun fehlt. Satansbraten fragt also laut : Mann hi ? Nachdem alle wissen, dass derjenige, von dem die Rede ist, ein starker Raucher ist, könnte tatsächlich beides sein. Wo ist er hin ? Draußen beim Rauchen ? Oder hat der Nikotingenuss seine Wirkung getan und der Mann ist hin ?

*

Opas Telefon klingelt. Am anderen Ende sagt ein leises Stimmchen: Aua ! Ach ja, Satansbraten war ja heute Nachmittag mit Laura beim Kinderturnen. O je, sagt Opa mitleidig, arme Elli, hast du dir beim Turnen weh getan. Wo ist denn das Aua ? Am Arm ? Antwort ja. Oder im Gesicht ? Antwort ja. Opa zerfließt vor Mitleid, das arme Kind. Wahrscheinlich schwer verletzt. Aufklärung kommt dann von Mama. Nicht Satansbraten hat aua, sondern alle anderen am Turnen beteiligte Kinder. Satansbraten hat nämlich alle so gedroschen, dass Mama und Laura sich wahrscheinlich nicht mehr hingehen trauen werden. Aua.

*

Ab und zu schläft Satansbraten die ganze Nacht bei Mama und Papa im großen Bett. Heute Nacht zum Beispiel mal wieder. Allerdings sehr sehr unruhig. Schließlich legt Papa den Arm um sie, um sie zu beruhigen. Da ruft Satansbraten laut : Neda, i Platz ham !

*

Am Morgen werkelt Satansbraten im Bad herum. Papa kommt rein und will ihr noch Bussi geben, bevor er zur Arbeit fährt. Satansbraten dreht den Kopf weg und sagt : Neda ! I putzn. Außi !

*

Wäre ich Profi-Psychologe, dann würde ich Satansbraten auf Grund mehrerer Erlebnisse obiger Art eine gehörige Portion Selbstbewusstsein bescheinigen. Ein weiteres Indiz hierfür liefert ihr Umgang mit den Hunden einer Bekannten. Die hat nämlich zwei, und Satansbraten mag den einen gern, den anderen gar nicht. Sind alle drei, Bekannte und die zwei Hunde, zu Besuch, dann holt Satansbraten ein Hunde-Leckerli und hält es dem Hund hin, den sie mag. Will dann der andere auch was, stoppt sie ihn mit der leeren Hand vor der Schnauze und fährt ihn energisch an : Naa, neda du !

Lindwürmchen, Lindwürmchen ! Lindwürmchen macht Sachen. Einen Lutschfleck hat Oma ja schon lange nicht mehr gehabt. Ach was, Lutschfleck. Sieht eher so aus, als wenn ein Hammer draufgehaut hätte. Oma hat Lindwürmchen auf dem Arm, Mama dreht inzwischen mit Hund und Rad eine Runde. Offensichtlich hat Lindwürmchen Hunger oder Durst, aber Omas Milchbar haben schon vor längerer Zeit fünf andere kleine Zwetschgen vollständig entleert. Saugt sich Lindwürmchen halt an Omas linkem Oberarm fest. Oma kichert, es kitzelt und kitzelt. Lindwürmchen lässt nicht locker, hält ganz schön lang aus. Danach kichert Oma nicht mehr. Siehe oben.

Nach dem Frühstück sagt Satansbraten entschieden: Oma fahrn ! Mama hat eigentlich was anderes vor und fragt: Was willst denn bei der Oma ? Stimmlage von Satansbraten bleibt genauso entschieden wie vorher: Guti essn !

Ein paar Minuten danach sieht Mama, wie Satansbraten sich abmüht, Anorak und Stiefel anzuziehen. Aldi fahrn ! lautet Satansbratens wiederum energische Erklärung. Mama hat was einzuwenden. Wir waren doch gestern erst beim Einkaufen. Na gut. Dann eben nicht, Aber Satansbraten hat schon noch eine weitere Möglichkeit anzubieten. Sie zieht sich weiter an und schlägt vor: Meer fahrn !

Mama freut sich unheimlich. Eine Woche Urlaub steht an, eine Woche all inclusive mit allem Drum und Dran. Essen am Buffet, Baden im Meer oder Pool, toller Spielplatz für Kinder und und und. Sie erklärt das alles Satansbraten und fügt dazu, wir fliegen mit einem Flieger dorthin. So ein Flieger, wie immer droben am Himmel über uns weg fliegt. Satansbraten schüttelt den Kopf : Mog i neda. I Auto fahrn.

*

Eine Woche danach fragt Opa Satansbraten, wo sie war und wie es war. Satansbraten sagt : Flieger ! Sie zeigt mit dem Finger nach oben und fügt dazu : Himme.

*

Satansbraten drischt alle anderen ? Haben wir bis jetzt diesen unglücklichen Eindruck erweckt ? Dann wird es Zeit, auch darüber zu berichten, wie Satansbraten Opfer wurde. Satansbraten ist dabei, Cousin Leos Baumhaus zu erkunden, na ja, ganz käme sie sicher nicht hinauf, wahrscheinlich aber wenigstens bis zur Hälfte, denn da ist eine Plastikrutsche, da ginge es lustig abwärts. Leo ist nicht da, wohl aber dessen kleiner Bruder Flori, ein Jahr älter als Satansbraten. Mutig schützt er den Besitz des großen Bruders. So zumindest der theoretische Gedanke. Die Praxis : Ned naufkemma, des is an Leo seins ! hieß die Warnung, aber so was hat Satansbraten noch nie gestoppt in irgendeinem Vorhaben. Kaum ist sie auf seiner Höhe, also kurz vor der Rutsche, da greift Flori kurzerhand zu einem armlangen Holzprügel und schlägt ihn der Cousine auf den Schädel. Gesagt hat's Flori nicht, aber gemeint schon: Wer nicht hören will, muss fühlen. Armer Satansbraten.

*

Lindwürmchen und Satansbraten sind mit Mama beim Kinderarzt zur Regeluntersuchung. Bei Satansbraten gehört da auch ein Sprachtest dazu. Meint der Doktor. Satansbraten nicht. Sie sagt keinen einzigen Mucks. Alle Tricks versagen, Satansbraten benimmt sich, als wäre sie stumm und dumm. Als der Arzt aufgibt und sich von Mama verabschiedet, schaut ihn Satansbraten unschuldig an und fragt: Guti eins?

*

Tante Claudia in Niederbayern ist schon eine beeindruckende Gestalt, wenn sie mit ihren langen schwarzen Haaren in Cowboy-Aufzug und Cowboy-Hut reitet. Von Satansbratens Onkels sind bei Oma und Opa in der Spielzeugkiste noch ein paar muskelbepackte Wrestler-Figuren. Einer von diesen Catchern hat ebenfalls langes schwarzes Haar. Satansbraten findet und betrachtet ihn eine Zeit lang. Dann hält sie ihn hoch und verkündet: Onkl Claudia!

*

Satansbraten ist am Nachmittag bei Opa. Sie fragt zwar „Guti eins?", sieht aber dann auf dem Küchentisch die Schale mit Äpfeln. Sie liebt Äpfel.

Guti eins ist vergessen. Satansbraten fragt: Abfe ? Opa nickt und wäscht einen ab. Als er ihn zerteilt, ermahnt Satansbraten ihn : Ohne Dale ! Jetzt wird gerecht geteilt, Satansbraten isst den ganzen Apfel, Opa die ganze Schale. Drei komplette Äpfel verschwinden auf diese Weise vom Küchentisch und beileibe keine kleinen. Erst dann hat Satansbraten Zeit zum Spielen.

*

Jeder zukünftige Arbeitgeber kann jetzt schon jubeln, wenn Satansbraten einmal ihren Beruf ergreifen wird. So was von Schnelligkeit. So was von Kreativität. Zum Beispiel falls sie mal Köchin wird. Mama war nur kurz aus der Küche. Schon hat Satansbraten das Mittagessen fertig. Revolutionär einfach. Ihr Rezept : Eine Packung Nudeln wird auf dem Fußboden verteilt und dann mehr oder weniger gleichmäßig Wasser darüber geschüttet. Wenn sich nun noch jedes Familienmitglied im Kreis auf den Boden setzt, kann jegliches Tellerabgewasche für überflüssig erklärt werden.

*

Satansbraten war mit Mama beim Kindergeburtstag. Beim Heimfahren lobt Mama : Du warst aber heut brav. Du hast überhaupt kein Kind geschlagen. Danach kurze Pause. Dann sagt Satansbraten: Doch. Mama ist erstaunt: Ich hab doch gar nix gesehen. Du hast kein Kind gehaut. Satansbraten noch mal: Doch. Mama schüttelt den Kopf und fragt: Wen denn ? Satansbratens Antwort: De Sophie ned. Das allerdings ist Mama klar, Cousine Sophie ist erstens vier Jahre älter und zweitens wegen ihrer Brüder gewohnt, sich schlag- und tatkräftig zu wehren. Also fragt Mama noch mal nach: Wen denn ? Na dann, wenn's Mama unbedingt wissen will. Satansbraten klärt auf: De Selma.

*

Telefon klingelt, Opa hebt ab. Am anderen Ende ist Satansbraten. Sie sagt: Gestern Burtstag. Oh, freut sich Opa, ja, du warst ja gestern beim Kindergeburts- tag, wie war's denn. Satansbraten geht da gar nicht drauf ein, sie hat Wichtigeres. I kimm heit, sagt sie. Da freu ich mich aber, sagt Opa, wann kommt ihr denn. So dumm kann nur Opa fragen, die Uhr kennt ja Satansbraten noch nicht. Doch sie löst die Zeitfrage auf die einfachste Weise. I Kuacha mit, meint sie, und damit ist klar, wann sie kommt.

*

Mama hat vor, Lindwürmchen zu stillen. Damit Sa- tansbraten inzwischen nichts anstellen kann, setzt sie sie auf die Couch, stellt ihr den Lap-Top davor und schaltet ihr Kinderlieder ein. So was liebt Satansbra- ten. Als Mama sich dann aber dazusetzen will, schüttelt Satansbraten den Kopf, schiebt sie weg, zeigt mit der Hand zur Küche und sagt energisch : Neda ! Geh putzn !

*

Seit einer Woche ist Satansbraten zwei Jahre alt. Bis jetzt hat Opa noch nicht viele Kinder erlebt, die in diesem Alter mit dem Wort *ich* umgehen können. Links und rechts hängen am Treppenaufgang zur Wohnung in Großformat die Bilder von allen Enkeln. Schon immer hat sich Satansbraten beim Hinuntergehen von Opa erzählen lassen, wer wer ist. Ein so schönes Spiel. Das hier ist der Valentin, das da der Florian, das die Sophie . . . . und als letztes Bild kam immer das von Satansbraten dran. Noch vor einem Jahr hat sie nur fasziniert zugehört, seit einem halben Jahr nickt sie bestätigend bei jedem Namen. Jetzt wollte Opa sie testen und ließ Satansbraten alle Namen selber aufsagen. Macht Satansbraten mühelos. Dann schaut sie als letztes grinsend ihr eigenes Bild an und sagt : Bin ich.

*

Kinder spüren jede Stimmung der Erwachsenen. Gibt es Unstimmigkeiten zwischen Mama und Papa, dann sind manche Kleinen hilflos, andere werden aggressiv. Satansbraten weder noch. Nach einer Meinungsverschiedenheit geht Papa in der Früh grußlos aus dem Haus. Das lässt Satansbraten nicht zu. Sie öffnet sofort die Haustür und ruft ihm nach : Papa, Mama Bussi !

*

Opa kann das Spiel ‚mein Turm, mein Turm' in und auswendig. Dazu muss man aus Bauklötzen einen Turm bauen und dann, wenn der Enkel diesen umwirft, entsetzt ‚mein Turm, mein Turm' rufen. Und natürlich neu aufbauen und der Vernichtung preisgeben. Alle Enkel haben das mit Hingabe gespielt. Bei Satansbraten ist daraus ‚meine Straße, meine Straße' geworden, denn auf ihre Anordnung hin müssen die Klötzerl als solche ausgelegt werden. Und so ein Spiel kann man auch in die Realität umsetzen. Satansbraten hat Durst. Opa setzt sich mit ihr und einer Tasse angenehm duftenden Tee an den Küchentisch. Mit dem Ellbogen lässt Satansbraten die Tasse hüpfen und verteilt den Tee auf diese Weise über Tisch und Stuhl. Dazu ruft sie laut : Mein Tee, mein Tee !

*

Auch Mama hat ich-Erlebnisse. Wenn sie Satansbraten abends ins Bett bringt, sagt sie ihr immer : Ich hab dich lieb, meine kleine Maus. Heute zum ersten Mal die Antwort : Ich dich auch.

*

Mit Satansbraten kann man jetzt sogar schon Diskussionen führen. Beim Heimfahren nach dem Einkaufen. Satansbraten ruft: Oma fahrn ! Nein, sagt Mama, jetzt geht's heim. Satansbraten nochmal: Oma fahrn ! Mama bleibt beim nein. Doch, ruft Satansbraten. Mama nochmal nein, Satansbraten nochmal doch. Kurze Pause. Opa fahrn, schlägt Satansbraten vor. Mama schüttelt den Kopf. Schade, meint Satansbraten, i fahr gern Oma.

*

Der dreijährige Cousin Florian ist zu Besuch. Er erzählt: Da Babist und da Bernhard ham a Kutschn baut. Niemand hat was von einem Kutschenbau gehört. Auf die Nachfrage, was für eine Kutschn, berichtet er: A Hirtn-Kutschn. Ratlosigkeit herrscht. Keiner kann sich was da drunter vorstellen, bis Opa draufkommt, dass man die Anfangsbuchstaben tauschen sollte. Es handelt sich nämlich um eine Kirta-Hutschn.

*

Satansbraten hat ja eigentlich nie einen Dietzl, einen Schnuller im Mund gehabt. Lindwürmchen dagegen braucht manchmal einen, um sich zu beruhigen. Damit es im Notfall keine Panik bei der Suche gibt, hat Mama drei Stück bereit liegen. Zwar interessieren die Dinger Satansbraten im Allgemeinen nicht, aber wenn die kleine Schwester einen kriegt, will sie genau den sofort haben. Ist es möglich, dann zieht Satansbraten ihr es auch direkt aus dem Mund. Und dann kam sie auf die Idee, wie sie sicherstellen könnte, dass Lindwürmchen komplett leer ausgeht. Wer darauf tippt, dass sie die drei Lutschdinger entsorgt oder versteckt hat, hat falsch getippt. Als Lindwürmchen wieder einmal kräftig plärrt und Mama sich nach einem Dietzl umschaut, ist keiner da. Nach längerem Suchen stellt sich raus: Satansbraten sitzt im Wohnzimmer auf der Couch und hat alle drei nebeneinander im Mund.

*

Satansbraten spielt im Kinderzimmer. Lindwürmchen schläft. Mama werkelt in der Küche. Plötzlich rummst die Kinderzimmertür an die Wand. Mit einer Geschwindigkeit, um die ihr jeder Formel-1-Rennfahrer neidig wäre, rast Satansbraten an Mama vorbei Richtung Wohnzimmer und schreit dabei : Schnej, schnej ! Was ist denn los, fragt Mama. Aus dem Wohnzimmer kommt die Antwort: Muss gackin ! Ja, ruft Mama, soll ich mit dir aufs Klo gehn ? Naa, Satansbraten hat andere Prioritäten, i Tisch. Und so kauert sie unterm Wohnzimmertisch und drückt mit rotem Kopf, bis sich der Erfolg einstellt.

*

Satansbraten ist bei Opa. Duti ? fragt sie. Opa schüttelt den Kopf. Ich mach dir einen Apfel, sagt er. Jetzt schüttelt Satansbraten den Kopf, allerdings energischer als Opa. Naa, sagt sie, neda Abfe. Duti ! Opa versucht raffiniert zu sein und schneidet das Gummibärli in zwei Teile. Eins davon kriegt Satansbraten. Duti zwei, meint sie mit unschuldigem Augenaufschlag. Hartherzig sein ist das Letzte, was Opa kann. Satansbraten bekommt also auch das zweite Teil, steckt es in den Mund und sagt: Und Abfe aa.

*

Satansbraten hat einen kleinen Koffer, in den packt sie meistens Spielsachen oder Büchlein. Aufgeräumt gehört er eigentlich ins Kinderzimmer, aber wenn sie im Wohnzimmer gespielt hat, bleibt er auch manchmal dort liegen. Mama will staubsaugen, der Koffer ist ihr im Weg und sie legt ihn einstweilen auf den nächstliegenden freien Platz, auf die Heizung und vergisst ihn dort. Nach einer Weile zieht ein eigenartiger, süßlicher Geruch durch die Wohnung, durchaus passend zur Vorweihnachtszeit. Trotzdem will Mama herausfinden, wo das herkommt. Als sie ins Wohnzimmer geht, fällt ihr Blick sofort auf den Koffer. Und der liegt auf der warmen Heizung. Nach vorn tropft es leicht heraus. Kein Wunder. Satansbraten hat statt Spielzeug alle Teelichter, die sie gefunden hat, hineingepackt. Wie viele es waren, ist nicht mehr feststellbar. Man könnte höchstens jetzt eine ungefähr köfferchengroße Kerze daraus machen.

*

Papa hat ein paar Stunden im Holz gearbeitet und will jetzt duschen. I aa mit duschn, sagt Satansbraten. Du hast heut doch schon geduscht, meint Mama, Papa muss schaun, dass er fertig wird, gleich gibt's Abendbrot. I aa mit duschn, beharrt Satansbraten. Heut geht's net, sagt Papa, aber morgen darfst du mit mir duschen. Satansbraten schaut ihn an, überlegt kurz und nickt dann: Danke, Papa.

*

Dass Satansbraten beim Aldi aus der untersten Lage Dosen eine so rauszieht, dass alles übereinanderpurzelt, ist kaum erzählenswert, da schon allgemein bekannt und belacht aus Sketchen und Filmgags. Satansbraten allerdings besorgt sich die Belohnung dafür in Eigenregie. Mama zahlt an der Kasse und bekommt zwei von diesen Sammelbildern mit lustigen Comicfiguren. Zwei sind zu wenig, findet Satansbraten. Während Mama mit den Waren im Einkaufswagerl Richtung Ausgang startet, kehrt Satansbraten blitzschnell um, schlüpft zur Kassiererin hinein und nimmt ein ganzes, noch zugeklebtes Packerl mit diesen Bildern. Die Kassiererin muss so lachen, dass sie es Satansbraten lässt. Vielleicht hat sie zu Hause ja auch so einen Satansbraten.

*

Lindwürmchen muss am Spätnachmittag zum Kinderarzt. Eine Impfung ist fällig. Satansbraten kennt das aus eigener Erfahrung, damals hat der Doktor gesagt, ist nur ein kleiner Pieks und danach kriegst du ein schönes Pflaster drauf. Also bereitet Satansbraten die kleine Schwester vor. Und das mehrmals seit heute Früh. Sie geht immer wieder hin zu Lindwürmchen und erklärt ihr: Nur Pieks, dann Plaster, nur Pieks, dann Plaster. Und siehe da, Lindwürmchen hat nicht die geringste Angst vor der Impfung. Gut gemacht, Satansbraten.

*

Auch bei Oma funktioniert die Sache mit dem Tisch. Erst als sie fertig ist mit dem Geschäft kommt Satansbraten wieder hervor. Nach dem Windel Wechseln darf Oma ihr aber die Unterhose nicht anziehen, das macht sie selber. Vorne ist alles in Ordnung, auf der Rückseite aber hat sich der Slip eingerollt und klemmt unter dem Hintern. Satansbraten stellt sich vor Oma und sagt: Hintn bimmts ned!

*

Mama geht mit Lindwürmchen und Satansbraten spazieren. Bei einem Abhang zeigt Satansbraten nach unten und sagt: Do liegt Boi. Mama schaut, sie sieht aber nur Laub. Ah geh, meint sie, des san doch nur Blattln. Satansbraten schüttelt den Kopf. Is schoo Boi. Weil Mama auf ihren Blattln beharrt, klettert Satansbraten runter. Und runter ging's relativ leicht, rauf war viel schwieriger. Denn da hatte Satansbraten nur die linke Hand zum Festhalten, in der rechten war ja der Ball. Bis nach Hause trällert Satansbraten dann immer wieder: Schoo Boi, koa Blattl! Schoo Boi, koa Blattl!

*

Beim Aldi sind ziemlich viele Leute drin. Warum Satansbraten einen wildfremden Mann anspricht, weiß man nicht. Sie geht jedenfalls zu ihm hin und sagt: Hallo. Der Mann reagiert nicht. Satansbraten baut sich noch mal vor ihm auf und wiederholt: Hallo. Kein Erfolg, keine Reaktion. Satansbraten dreht sich wieder zu Mama um, schüttelt den Kopf und sagt laut: Schade!

*

Vierter Advent und beim Spazierengehen 17 Grad. So viel anders war's im Juni auch nicht. Plötzlich sagt Satansbraten: Pst, Mama, i her's. Mama bleibt stehen und lauscht. Eigentlich nix zu hören. Was hörst du denn, fragt Mama. I her's, wiederholt Satansbraten, i her's, an Schnee. Den Schnee kann man doch nicht hören, erklärt Mama, und jetzt ist's doch außerdem viel zu warm dafür. Schade, antwortet Satansbraten, die in ihrem zweijährigen Leben ja noch nie bewusst Schnee erlebt hat, i mog Schneemo baun.

*

Satansbraten sagt am frühen Abend : Heiabetti gehn. Absolut ungewöhnlich für dieses Energiebündel. Ist eine Grippe im Anzug oder sowas ? Jedenfalls schläft sie schon um 18 Uhr ein und wird zwölf Stunden nicht wach. Morgens um sechs Uhr krabbelt sie zu Mama ins Bett und ruft fröhlich: Hallo, Mama, da bist ja wieder !

*

Silvesterabend. Bisher dachten alle, Medikamente und solche Sachen sind hoch genug weggeräumt. Nicht, wenn man einen Satansbraten in der Familie hat. Über Stuhl und Stuhllehne holt sie sich (glücklicherweise nur) die Gläschen mit den Globolikügelchen. So an die hundertfünfzig Stück davon futtert sie, bevor Mama mitbekommt, was los ist. Vom Gift-Notruf kommt dann die Entwarnung. Die Dinger sollten besser nicht in Satansbratens regelmäßigen Speiseplan aufgenommen werden, sind aber im Großen und Ganzen nicht lebensgefährlich.

*

Satansbraten muss bieseln. Geh doch ins Bad und hol dein Topfi, schlägt Mama vor, dann kannst du dich hier zu mir setzen. Guter Vorschlag. Satansbraten nickt und macht sich auf den Weg. Nach ein paar Schritten hält sie ein, kehrt um und sagt zu Mama: Tut mir leid, hol's du.

*

Topfis hat Satansbraten zwei Stück. Neuerdings entscheidet sie selbst, welcher hergenommen wird. Satansbraten muss bieseln. Sie stellt beide nebeneinander und überlegt, welcher heute dran ist. Mama dauert das zu lange. Sie sagt: Ich geh inzwischen in die Küche, setz dich auf welchen du willst. Als Mama zurückkommt, hat sich Satansbraten ganz gerecht entschieden. Mit dem linken Oberschenkel sitzt sie auf dem einen Topfi, mit dem rechten Oberschenkel auf dem anderen. Und sie bieselt auch schon. Das allerdings läuft mittig durch. Gar nicht schlecht, Satansbraten. So bleiben beide Topfis sauber und frisch fürs nächste Mal.

*

Wenn beim Autofahren eine CD mit Kinderliedern läuft, dann erlaubt Satansbraten keinerlei Gespräche oder sonstige störende Geräusche. Sie will die Musik genießen. Plötzlich aber unterbricht sie selbst. Uja sicht nix, kräht sie protestierend, Uja sicht nix ! Stefan dreht sich vom Beifahrersitz um, und tatsächlich, Lindwürmchen ist die Mütze so ins Gesicht gerutscht, dass keinerlei Aussicht mehr möglich war.

Danke, lieber Satansbraten. Trotz Musikleidenschaft gut aufgepasst.

*

Zwei Jahre und einen Monat ist Satansbraten alt, und sie gebraucht Worte, deren Sinn manche erst in der Schule begreifen. Als Mama ihr abends das Gute-Nacht-Bussi geben will, sieht sie, dass alles, was Satansbraten an Steiff- und Kuscheltieren besitzt, mit ihr im Bett liegt. Wie es so heutzutage ist, ein Riesenberg. Ah geh, sagt Mama, da kannst du dich doch gar nicht mehr rühren, das sind doch viel zu viele zum Schlafen, brauchst denn du wirklich alle. Satansbraten schaut sich rundum, überlegt und sagt: Eigentlich ned.

*

Oma hat Ärger mit dem Knie gehabt. Sie war beim Doktor und beim Röntgen. Als sie wieder zuhause ist, klingelt das Telefon. Ja, sagt Oma. Stille, etwas Rauschen. Hallo, fragt Oma. Dann hört sie Satansbratens Stimmchen: Oma, alles dut ?

*

Die neue Flasche Olivenöl war zwar wie eben erwähnt neu, aber trotzdem rasch leer. Ein Rätsel ist und bleibt, woher Satansbraten wusste, dass schon vor hunderten von Jahren die Zimmerer und Schreiner Holz und Parkettfußböden mit Öl einrieben. Wahrscheinlich nicht mit ganz so viel auf ein und derselben

Stelle, aber was solls, diese eine Stelle ist nun auf ewige Zeiten vor dem Holzwurm geschützt.

*

Jetzt ist Satansbraten wissbegierig. Beim Spazierengehen fragt sie bei jedem Haus: Wer wohnt da ? Als Mama mit Lindwürmchen und Satansbraten bei Oma und Opa ist, erzählt sie dies am Kaffeetisch. Und wer wohnt hier, fragt sie danach scherzhaft ihre Tochter. Satansbraten schaut auf und sagt: Keine Ahnung.

*

Die Creme, die nach Anweisung des Kinderarztes in der Apotheke extra zusammengemischt wurde, war für bestimmte Stellen auf Satansbratens Haut gedacht. Kam aber leider nicht zur Anwendung. Also zumindest nicht zur geplanten. Satansbraten schmierte damit die Wohnzimmercouch ein. Und jetzt muss man sagen: Wer hat schon ein medizinisch gepflegtes Sofa.

*

Opa wird belehrt. Du darfst ihr nicht immer in allem nachgeben, mahnt Oma, sie muss auch mal lernen, dass nein nein heißt. Also gut. Das schafft Opa schon. Satansbraten will einen Apfel. In der Küche liegen welche in der Schale. Nein, sagt Satansbraten, neda de, Apfe aus Keller. Gut, marschieren wir runter. Opa nimmt einen kleineren aus der Schachtel. Nein, sagt Satansbraten, neda den. Sie sucht einen größeren. Im Vorraum steht ein Kühlschrank. Johurt aa, sagt

Satansbraten, öffnet die Tür, hält Opa den Apfel hin und nimmt zwei Joghurts heraus. Einer reicht, sagt Opa, nimm bloß einen. Nein, Opa aa Johurt, sagt sie. Ich mag jetzt keinen, meint Opa, ich ess ja die Schale von deinem Apfe. Nein, sagt Satansbraten, Opa aa Johurt. Wir bringen also großen Apfel und zwei Joghurts nach oben. Da braucht sich Oma keine Sorgen machen. Satansbraten hat schon längst kapiert, was nein bedeutet. Und wie man es anwendet.

*

Satansbraten hat eine neue Variante von dem Spiel ‚meine Straße, meine Straße'. Sie lässt Opa die Straße bauen und zerstört sie dann. Wenn Opa dann jammert ‚meine Straße, meine Straße', beruhigt sie ihn jedes Mal mit den Worten: I bau's nei. Dieser Ankündigung folgt aber keine Ausführung, Satansbraten wartet, bis Opa mit dem nächsten Straßenbau fertig ist und zerstört und tröstet dann wieder mit den Worten: I bau's nei.

*

Oma hat von früher noch zwei so wasserabweisende Leinenunterlagen gefunden, mit denen man die Matratzen schonen kann. Das, meint sie, wär doch was in Satansbratens Bettchen, jetzt wo sie neuerdings ohne Windel schläft. Als sie zu Besuch ist, richtet sie es im Bett ein, vergisst dann beim Kaffeetrinken aber, Mama Bescheid zu sagen. Am nächsten Morgen ruft Satansbraten laut nach Mama. Die eilt ins Kinderzimmer und fragt, was los ist. Satansbraten hat

Bett und Kopfkissen beiseite geräumt und zeigt empört auf die unbekannte Unterlage und ruft: Schaug amoi dees oo !

*

Lindwürmchen hat die ganze Nacht durchgeschrien. Das zweite Zähnchen ist schuld daran. Mama ist fix und alle, sie hat Lindwürmchen bei sich im Bett. Endlich, in der Früh um sechs Uhr, schläft Lindwürmchen erschöpft ein. Mama atmet auf und nickt halb ein. Kurz danach springt Satansbraten zu Mama ins Bett, rüttelt Lindwürmchen und ruft: Gutn Morgn, Uija, gutn Morgn, gut schlaft ? Doch, ja, danke für die liebe Nachfrage, Satansbraten, das hat sie. Dummerweise aber bloß die letzten fünf Minuten.

*

Komm, sagt Mama am Freitag Nachmittag, wir fahren zu Oma und Opa. Mog i neda, antwortet Satansbraten, mog i dobleibn. Mama ist überrascht. Nicht zu Opa ? Der spielt doch immer mit Satansbaten. Also fragt sie nach dem Warum. Opa aua, erklärt Satansbraten lakonisch. Und da hat sie recht, das ist der springende Punkt. Denn seit einer Knieverletzung vor drei Wochen hält Opa es im Moment nicht lang am Boden aus. Folge: Mit dem kann man doch zur Zeit nicht richtig spielen.

*

Endlich liegt Schnee. Satansbraten kann nicht genug davon bekommen, von Mama auf dem Schlitten durch die Gegend gezogen zu werden. Sie jubelt und juchzt.

Gibt es was Schöneres, als da hinten dran zu hängen ? Als Mama sich mal wieder umdreht, wirft Satansbraten, die wegen Hund Pedro und Katze Schnurri durchaus Erfahrung hat mit dem Körperbau eines Lebewesens, einen langen Blick von sich und Schlitten über die Schnur bis zur ziehenden Mama und sagt: Mama, i bin jetzt dei Schwanz.

*

Nein, Opa ist ganz auf Satansbratens Seite. Sie hat völlig recht. Unkraut im Garten wird ja schließlich auch vernichtet. Die große Schwester hat einen Freund. Zu Besuch bei diesem entdeckt Satansbraten eine bereits geöffnete Dose von dem Getränk, das Flügel verleiht. Richtig, Satansbraten, dieses ungesunde Gesöff gehört nicht getrunken, sondern entsorgt. Unter erzieherischem Gesichtspunkt betrachtet ist dann die Aktion, es in des Freundes Bett zu schütten, gar nicht so übel. Da braucht niemand meckern. Bevor Satansbraten es durch die eigenen Nieren spült, ist Opa ein nasses Bett allemale lieber.

*

Wer eine Katze hat und ein Katzenklo und das dazugehörige Katzenstreu, der weiß, von was hier die Rede ist. Hochwertiges Streumaterial zeichnet sich dadurch aus, dass es zu festen Klumpen wird, sobald die Katze ihr Geschäft erledigt hat. Dann kann man das Ganze viel leichter entsorgen. Also je fester, desto besser. Zumindest im Katzenklo. Satansbraten hat alles, was in der neuen großen Tüte ist, und das sind so ungefähr zwei Kilo, im richtigen Klo entsorgt. Hier ist nun die Wirkung praktisch gleichzusetzen mit Fertigbeton. Mit dem Bohrhammer ranzugehen empfiehlt sich weniger wegen der Kloschüssel. Für den Rest des Vormittags ist also für Mama genügend Arbeit gesichert.

*

Während Mama verzweifelt im Klo kämpft, kümmert sich Satansbraten liebevoll um die kleine Schwester. Sie holt eine Tüte Russisch Brot, verteilt den Inhalt unter dem Wohnzimmertisch und hilft Lindwürmchen beim Hinkrabbeln. Vermutlich weil Lindwürmchen erst zwei Zähnchen hat und demzufolge noch nicht so gut mit hartem Knabbergebäck zurechtkommt, schüttet Satansbraten einen kleinen Eimer Wasser drüber. Nicht über Lindwürmchen, nein, über den kleinen Berg Russisch Brot. Diese Pampe lässt sich jetzt ganz gut essen. Und verschmieren. Im Gesicht. Auf dem Teppich. An den Stuhlbeinen. Als Mama ins Wohnzimmer kommt, grinsen ihr zwei dunkelbraune Mohrengesichter entgegen.

*

Die halbe Familie war oder ist krank, irgendein unangenehmer Virus, oben und unten ging's dahin. Beide, Satansbraten und Lindwürmchen, wollen in der Nacht in Mamas Nähe bleiben, sprich beide schlafen mit im Bett bei Mama und Papa. Satansbraten macht sich in der Nacht so breit, dass Mama schon am äußersten Rand liegt. Sie streichelt Satansbraten und flüstert: Rutsch a bisserl, ich möchte auch Platz haben. Satansbraten antwortet schlicht und einfach: Naa. Warum denn net, fragt Mama. Satansbratens Erklärung lautet: Weils hier stinkert. Hier stinkert doch nix, sagt Mama erstaunt. Doch, antwortet Satansbraten, nach Kuhscheiße.

*

Mama ist mit Satansbraten und Lindwürmchen im Badezimmer. Dabei passiert ihr etwas Menschliches, eigentlich ja nicht schlimm, denn wenn nicht hier wo sonst. Auf alle Fälle entschuldigt sich Mama und sagt, sie weiß schon, sie ist ein Faki (ein Ferkel). Naa, sagt Satansbraten, a Kuah.

*

Opa dachte immer, er ist der Star bei Satansbraten. Aber so schnell wird man in die richtige Ecke gestellt. Opa baut die neue Haustüre ein, es klappt nicht, irgendwas hakelt und klemmt. Telefonischer Hilferuf. Satansbraten kommt mit Papa und Werkzeug. Alles wird wieder ausgebaut und so eingebaut, dass es funktioniert. Satansbraten hat zugeschaut. Sie schüttelt den Kopf und sagt: Opa kann's ned. Dann nickt sie und fügt hinzu: Papa kann's.

*

Mama kocht Mittagessen. Als Satansbraten in die Küche kommt, rollt Mama gerade eine Roulade zusammen. Ah, sagt Satansbraten mit fachmännischem Blick, Geschenk einwickln. Im nächsten Moment klappt Mama die Haltespange über die Roulade. Mit Schleife, staunt Satansbraten.

*

Satansbraten schlägt alle Rekorde. Vor fünfzig Jahren hieß es, wenn die achtzehnjährige Tochter zum Tanzen gehen wollte, du bist um 22 Uhr zu Hause. Heute hat mancher Vater schon bei Dreizehnjährigen Mühe, abendliche Veranstaltungsbesuche zu begrenzen. Satansbraten ist jetzt zwei Jahre und drei Monate alt. Onkel Dieters und Opas Musik hat sie bei einer Geburtstagsfeier kennengelernt und ausgiebig zum Tanzen ausgenutzt. Seitdem drängt sie Mama immer wieder: Opa Musik, Onkl Dieter Musik, tanzn ! Und jetzt überlegt Mama ernsthaft, ob sie nicht mit Satansbraten auf eine Stunde in die Wendelstein-Klinik fährt, denn dort spielen Onkel Dieter und Opa donnerstags ab 19 Uhr in der Cafeteria. 1-2-3, 1-2-3 !

*

Satansbraten und Opa sitzen am Boden und spielen mit den Bausteinen. Mittendrin meint Satansbraten: Bin zwei Jahren ! Und sie zeigt zwei Finger. Danach fragt sie: Und die Debbie ? Wie alt ? Opa antwortet: Drei. Satansbraten überlegt kurz und hält dann drei Finger hoch.

*

Am Abendbrottisch sagt Satansbraten zu Papa: Du heißt Simon. Dann dreht sie sich zu Mama und fragt: Und du ?

Satansbraten, Laura und Mama sind in der Stadt in einem Geschäft für schicke Mode. Klar, Laura ist in dem Alter, in dem man nicht unbedingt altmodische Klamotten anhaben will. Mama hilft beim Aussuchen. Offensichtlich war bei Satansbraten größeres Geschäft notwendig, gesagt hat sie nix oder vielleicht haben die zwei Modeinteressierten auch nicht zugehört. Ist ja auch nicht so schlimm, sicherheitshalber hat Satansbraten ja eine Windel um. Kann ja nix passieren. Sollte man meinen. Plötzlich schrecken Mama und Laura auf, denn Satansbraten kommt fröhlich auf sie zu gerannt, schleift die offene Windel und damit eine bräunliche Spur auf dem schönen Teppichboden hinter sich her. Alle drei machen sich rasch aus dem Geschäft. Ohne etwas zu kaufen. Wichtig ist nur, hoffentlich hat niemand etwas gesehen. Und natürlich nicht zu unterschlagen: Wieder mal Geld gespart.

*

Vermutlich wird Opa vergesslich. In höherem Grad. Da schadet es nichts, wenn man ihn an Wichtiges erinnert. Am Vormittag haben Lindwürmchen und Satansbraten ihn besucht. Mit ihm gespielt, Petzi angeschaut und Corn Flakes gegessen. Am Nachmittag klingelt bei ihm das Telefon. Hallo, sagt Satansbraten. Hallo, sagt Opa, was gibt's denn. Ich war heut bei dir, informiert ihn Satansbraten, und jetzt bin ich wieder Samerberg.

*

Die Geschichte damals mit den drei Schnullern im Mund, das hat Mama zum Glück für dieses Buch fotografiert. Und Opa hat seitdem dieses Bild auf dem Desk-Top. Als Opa seinen Lap-Top aufmacht, um für Mama etwas nachzuschauen, steht Satansbraten daneben. Erstaunt starrt sie das Bild an, lacht dann laut und ruft : Ich bin aber lustig !

*

Satansbraten ist zwei Jahre und vier Monate alt und redet wie ein Wasserfall. Dabei lässt sie sich nicht stören von Lauten, die etwas kompliziert auszusprechen sind. Sie ruft Opa an: Ich hab' heut einen neuen Tank bekommen. Opa kapiert nicht ganz. Einen Tank ? Zu was denn, zum Spielen ? Ja, ruft Satansbraten, ein ganz neuen Tank. In mein Zimmer. Da kann sich Opa gar nichts vorstellen. Er fragt bei Mama nach und erfährt, dass es sich um einen neuen Schrank handelt. Na ja, schr ist auch wirklich nicht leicht.

*

Genau zweieinhalb Jahre ist Satansbraten alt, als sie beginnt, so zu argumentieren, dass man nichts mehr antworten kann. Besuch ist da. Satansbraten dreht auf. Niemand kann sie bremsen. Sie reduziert weder Lautstärke noch Bewegungsdrang, da kann Papa sagen, was er will, da kann Mama mahnen, soviel sie Lust hat. Schließlich dreht der Besuch sich zu Satansbraten um und meint: Wenn du mal bei mir bist, dann musst du aber besser folgen. Satansbraten grinst und antwortet: Aber da bin i dahoam.

*

Als Satansbraten zu Mama und Papa ins Bett kommt, ist Mama oben ohne, denn sie hat gerade Lindwürmchen gestillt. Und da sie auf der Seite liegt, hängt alles ein bisschen anders als normal. Satansbraten schaut sie verwundert an und fragt : Wie siehst denn du aus. Dei Busn is ja ganz verhunacklt !

*

Man kann kleine Erdenbürger nicht früh genug damit bekannt machen, dass das Leben kein Zuckerschlecken ist. Da hat Satansbraten absolut recht. Mama ist im Bad und hört Lindwürmchen jämmerlich weinen. Warum ? Siehe erster Satz. Satansbraten hat aus dem Kühlschrank eine Tube scharfen Senf geholt, ein bisschen den Teppich im Wohnzimmer damit bestrichen und auch der kleinen Schwester eine Kostprobe abgegeben. Ergebnis : Beide, Teppich und Lindwürmchen, haben jetzt eine ätzende Erfahrung hinter sich.

*

Im Urlaubshotel hat der türkische Kellner schon zweimal Katzen weggejagt - sehr zum Missfallen von Satansbraten. Als sie erleben muss, dass der gleiche Ober es ein drittes Mal macht, schimpft Satansbraten ihn kräftig aus, hebt dann den Zeigefinger und ruft noch : Das mein ich jetzt ernst !

*

Obwohl Mama es nicht erlaubt hat, nimmt Satansbraten die zwei Porzellan-Hasen aus dem Wohnzimmerschrank. Es kommt, wie's kommen muss. Einer fällt auf den Boden und zerspringt in tausend Teile. Mama ist sauer. Ach Mama, tröstet Satansbraten, du hast doch noch einen.

*

Eine alte Regel sagt, es ist gut, wenn Kinder vor dem Schulalter so weit zählen können, wie sie alt sind. Satansbraten fehlen noch vier Monate zum dritten Geburtstag. In Opas Garten steht ein Pool. Bevor Opa muh sagen kann, hat sich Satansbraten ausgezogen und klettert hinein. Heut ist doch das Wasser zu kalt, meint Opa. Satansbraten steht schon bis zum Bauchnabel drin, zieht das Thermometer, das an einer Schnur hängt, aus dem Wasser, schaut drauf und erklärt: Eins, zwei, drei, vier, fünf, sechs, sieben, acht, neun, zehn. So warm !

*

Papa hat als Imker ganz schön viel zu tun. Heute darf Satansbraten mit zum Honig Schleudern. Bleib ganz ruhig, Mama, sagt sie, bleib ganz ruhig. Wieso, fragt Mama erstaunt. Satansbraten erklärt: Weil ich jetzt mit Papa wegfahr'.

*

Opa ist oben am Samerberg und passt auf die Kinder auf, weil Mama beim Zahnarzt ist. Wenn Lind- würmchen etwas will, nicht erreichbares Spielzeug oder was zum Trinken, fordert sie nur: ah, ah. Als Opa mit Satansbraten auf der Couch sitzt und sie gemeinsam ein Bilderbuch anschauen, stößt Lindwürmchen plötzlich einen völlig anderen Ton aus. Sie ruft triumphierend langgezogen aaaaahh. Opa schaut auf. Lindwürmchen sitzt übers ganze Gesicht grinsend mitten auf dem Esstisch und hebt, so als ob sie Opa zuprostet, ein großes Glas in die Luft.

*

In der Früh klingelt das Telefon. Am Display sieht Opa ja schon, wer es ist, und sagt nur hallo. Es ist Satansbraten. Ist mein Simon bei dir, fragt sie. Nein, antwortet Opa, der Papa ist doch bestimmt in der Arbeit. Ja, stimmt Satansbraten zu, in der Post. Dann legt sie auf.

*

Hund Pedro hat einen Lieblingsball. Wenn Papa den weit weg wirft, dann fetzt er los und holt den Ball. Nicht immer allerdings gibt er ihn auch wieder her, manchmal muss Papa energisch dreimal Aus! rufen. Als Opa oben am Samerberg im Garten auf Lindwürmchen aufpasst, merkt er, dass Pedro bei Lindwürmchen viel besser spurt. Pedro hat den Ball im Maul. Lindwürmchen sitzt vor ihm und ruft : Ass ! Ass ! Sofort kullert ihr der orange Knuddl vor die Füße. Lindwürmchen dreht ihn zwei-, dreimal rund um und wirft ihn Pedro vor die Nase. Schnapp, sofort hat ihn der im Maul. Dann geht das Spiel wieder los. Ass ! Ass! Fast zehn Minuten halten die zwei das durch, und immer kommt auf den Befehl Ass ! Ass ! sofort der Ball.

*

Das Telefon klingelt. Mama wartet auf einen Anruf von einer Bekannten. Aber Satansbraten ist schneller als Mama, sie reißt den Hörer an sich und schreit hinein: Hier ist Elena Hager, wir frühstücken grade ! Und dann legt sie sofort auf.

*

Mama und Papa sitzen bei Oma in der Küche und diskutieren. Satansbraten darf, während Opa noch was im Garten erledigt, im Wohnzimmer Petzi anschauen. Als er fertig ist, setzt sich Opa zu Satansbraten. Plötzlich fällt ihm auf, dass Lindwürmchen nirgends zu sehen ist. Er fragt Satansbraten. Die schläft, antwortet Satansbraten. Erstaunt Opa weiter nicht, das ist nichts Besonderes, dass Mama das kleine Lindwürmchen in Omas Bett hinlegt, wenn es nötig ist. Nach einer guten Viertelstunde schaut Mama herein, schüttelt verwundert den Kopf und fragt genau das Gleiche, was Opa vorher gefragt hat: Wo ist denn Lindwürmchen? Die schläft doch, meint Opa. Davon weiß allerdings Mama gar nichts. Und von wegen Schlafen, fleißig gearbeitet hat Lindwürmchen, gute zwanzig Minuten mindestens. Ohne eine Pause zu machen. Und zwar im Bad. Mit Klobürste und allem Klopapier, das sie erreichen konnte, sowie mit genügend Wasser, das sie mit einem Zahnputzbecher aus dem Klo schöpfte, hat sie das gesamte Bad geputzt und gleich auch noch ein bisschen umgestaltet und verschönert. Ach, was hat Oma für ein Glück. So ein tüchtiges Enkelkind.

*

Satansbraten ist keine, die um den heißen Brei herum redet. Sie kommt sofort zum Kern und weiß auch, was für andere wichtig ist. Telefon. Opa sagt hallo. Wir kommen morgen zu dir, teilt ihm Satansbraten mit, was für einen Kuchen sollen wir mitbringen ?

*

Oma weiß eigentlich immer eine Antwort, so schnell macht man sie nicht sprachlos. Satansbraten (noch immer keine drei Jahre alt) aber schafft das mühelos. Eine Zeit lang hat sie allein unter dem Tisch gespielt, Als sie hervorkommt, duftet es im Zimmer nach Windelwechsel. Hast du neigmacht, fragt Oma. Satansbraten gibt keine Antwort. Sie legt sich mit Stift und Papier auf den Bauch und malt. Oma fragt nochmal. Gleiches Ergebnis. Keine Antwort. Oma fragt ein drittes Mal, etwas energischer. Satansbraten schaut nicht mal auf. Lass ma doch mei Ruah, sagt sie bloß.

*

Na endlich. Endlich macht auch Lindwürmchen mal von sich reden. Opa hat schon gedacht, da kommt nix. Lindwürmchen hat durchaus die Fähigkeit, sich selbst zu beschäftigen. Sie spielt auch ganz allein und muss nicht dauernd zu irgendwas animiert werden. Also muss man auch nicht ununterbrochen aufpassen auf sie. Dachte man bis jetzt. Genauso schön, wie Lind-würmchen gestern allein und ruhig im Wohnzimmer ge-spielt hat, genauso schön ist heute das helle Parkett. An verschiedenen Stellen bunt ausgemalt, manchmal nur Strichlein, manchmal etwas kräftiger. Und weil scheinbar noch ein paar Filz- und Wachsmalstifte übrig waren, hat sie sich auch noch Omas Hocker vorgenommen. Vielleicht wird sie Künstlerin, hat Opa gemeint, lassen wir das Parkett jetzt so, dann besitzen wir ein Erstlingswerk. Aber Oma hat wohl keinerlei Kunstverstand. Oder vielleicht Putzwut.

*

Und jetzt ist Lindwürmchen so alt, wie Satansbraten bei Beginn dieses Büchleins war. Und eins steht schon fest: Sie ist ein wohlerzogenes Kind. Oder vielleicht von Natur aus höflich. Jedenfalls sitzt sie im Wohnzimmer, hat irgendwo eine Flasche Saft geschnappt und verteilt nun diesen im Halbkreis um sich rum. Mama schnauft erschrocken und meckert. Lindwürmchen schaut treuherzig zu ihr auf und sagt : Dullidun !

*

Lindwürmchen kann einige Putzaktionen für Mama arbeitsintensiver werden lassen als es ihre Vorgängerin in diesem Bereich geschafft hatte. Zunächst hat sie ein Packerl Mehl aus dem Schrank geholt, aufgerissen und den Inhalt in der Wohnung verteilt. Draußen weiß vom Schnee, herinnen auch nicht schlecht weiß. Ein paar Tage später das Ganze mit umgekehrten Vorzeichen. Umgekehrt, das heißt, also jetzt alles schwarz. Aber irgendwo muss ja schließlich der Haufen Asche aus dem Ofen hin. Und schau schau, man lernt nie aus : An den Stellen, wo Feuchtigkeit ist, kann man das schwarzgraue Zeug nicht mehr herumpusten. Da verwandelt es sich sogar ruckzuck in was Klebriges. Sehr interessant.

*

Opa hat im Wohnzimmer eine neue Lampe aufgehängt. Eine mit zweifarbigem Perlmutt und kunstvollen Lücken. Nicht ganz da oben an der Decke, nein, so mit einem langen Kabel über dem Tisch. Nach zwei Tagen ist die Abdeckung der Lüsterklemmen heruntergerutscht. Wie das ? War doch festgeschraubt. Na ja, meint Oma, hast wahrscheinlich vergessen gehabt zu zuschrauben. Also noch mal. Bald darauf das gleiche Bild. Die Abdeckung hängt da, wo sie aber nicht sein soll. Zufälligerweise erfolgt kurz danach die Aufklärung des mysteriösen Falles. Satansbraten geht nämlich ins Wohnzimmer und schaltet das Licht an. Marschiert dann zum Tisch und lässt die Lampe am langen Kabel herumkreisen. Dabei lockert sich natürlich die Abdeckung, aber die Lichteffekte im Kreisel sind wirklich sehenswert.

*

Telefon bimmelt. Opa nimmt Hörer. Am anderen Ende ist Satansbraten und sagt vorwurfsvoll : I hob bei eich ogruaft. Warts ihr ned da ?"

*

Nach wie vor liebt Satansbraten Äpfel. Dieses Gen hat sie von Opa geerbt. Während Opa einen Apfel herrichtet, fragt er: Warst du heut Vormittag im Turnen bei die Samerberger Zwergerl ? Satansbraten nickt und erzählt: Und da war auch der Jakob. Der wohnt Törwang-Samerberg. Des is ned weit weg. Aha, meint Opa, ist der Jakob genauso alt wie du ? Satansbraten ist empört. I bin doch ned alt, erwidert sie, die Oma Christa, die is alt !

*

Abends ist Besuch da. Es ist recht lustig, und allmählich wird es hübsch spät. Da dreht sich Satansbraten zu Papa um und sagt: Tut mir leid, Papa, aber du musst heut allein ins Bett gehen. Ich bleib noch hier sitzen.

*

Lindwürmchen ist nun zweiundzwanzig Monate alt. Es muss endlich erzählt werden, was sie nicht kann und danach, was sie kann. Also was sie nicht kann : Die Buchstaben K und S am Anfang eines Wortes aussprechen. Lindwürmchen ersetzt beide durch ein B. Mit Satansbraten streitet sie darum, wer bei Oma und Opa die Kaffemaschine anschalten darf, Lindwürmchen sagt dazu ‚Baffee'. Sie macht Baffee für Opa, für Papa, für Sascha. Was sie aber kann, das ist ein Wort, das Satansbraten nicht benutzt hatte. Mama ist in der Küche, Lindwürmchen im Wohnzimmer. Nach einer Weile hört Mama, wie Lindwürmchen ruft: Scheiße, Baft ! Und nun ja, offensichtlich hat sie mit der Sirupflasche gespielt und die ist aufgegangen. Und der Baft hat sich schön verteilt. Das ist wirklich Sch...

*

Es gibt Worte, die machen keinen Sinn. Also zum Beispiel stimmt das Wort *Schleifpapier*, denn man benutzt es ja tatsächlich zum Schleifen. Oder *Briefpapier*, das ist auch in Ordnung, damit schreibt man einen Brief. Aber *Klopapier*? Putzt man damit die Schüssel? Lindwürmchen hat dieses Wort richtiggestellt, so wie sie sagt, müsste eigentlich im Duden vermerkt werden. Lindwürmchen sagt *Popapier*.

*

1.April war zwar schon gestern, aber Mama probierts trotzdem. Schau mal zum Fenster raus, sagt sie in der Früh zu Satansbraten, es hat geschneit, überall liegt Schnee. (Wohlgemerkt, laut Nachrichten war dieser März der wärmste seit 1809!) Aprilscherz? Nicht mit Satansbraten. Die lässt so was ins Leere laufen. Am Fenster sagt sie, ja , sehr schön, alles ist weiß. Dann geht sie in ihr Zimmer und zieht sich um. Den ganzen Vormittag spielt sie draußen bei Wärme und Sonnenschein - allerdings im Skianzug.

*

Sonntag. Mama richtet das Mittagessen her. Es gibt Fleischpflanzerl und Bratkartoffeln. Satansbraten kommt in die Küche, schaut kurz und kommentiert : Was kochst'n du heut Schlechtes?

*

Nein, sagt Mama, du nimmst jetzt nix anderes, erst isst du dein Leberwurstbrot auf. Satansbraten überlegt nicht lang. Sie geht in die Küche und ist nach fünf

Sekunden wieder da. So schnell hast du doch das Brot nicht aufgegessen, forscht Mama nach, wo hast du denn dein Leberwurstbrot hin ? Versteckt, meint Satansbraten. Das geht natürlich nicht, womöglich vergammelt es dann irgendwo. Also lässt Mama nicht locker und fragt noch dreimal, wo hast du das Brot bloß versteckt ? Schließlich breitet Satansbraten die Hände aus und sagt : Im Pedro.

*

Große Rutschbahn auf dem Spielplatz. Alle Mamas geben Obacht auf ihre Kleinen und fangen sie am untersten Ende auf. Lindwürmchen kraxelt ohne Hilfe hinten rauf und setzt sich oben auf die Rutschbahn. Als sich Opa unten zum Auffangen postiert, schüttelt sie energisch den Kopf und ruft: Selber ! Und schließlich: Was macht das schon, wenn man unten auf die Nase fällt. Hauptsache, man ist selbständig. Lachend steht Lindwürmchen wieder auf und los geht's von Neuem.

*

Oma und Opa sind beim Grillen oben am Samerberg. Satansbraten klettert auf die Bank und flüstert Opa ins Ohr: Ich hab ein Geheimnis. Opa beugt sich zu ihrem Ohr und flüstert zurück: Ich werd's niemandem verraten. Daraufhin meint Satansbraten: Dann sag ich's laut. Und ruft über alle hinweg: Ich hab eine rosa Kette !

*

In der Früh klingelt das Telefon. Satansbraten greift es sich vor Mama, gibt es ihr ohne ranzugehen und meint: Das sind deine Eltern.

*

Nanu, sagt Mama, was machst denn du für ein Gesicht ? Ach, antwortet Satansbraten, ich schau nur besorgt.

*

Oma und Opa haben aus Ungarn eine Steige Kirschen mitgebracht. Mm, die sind süß, preist Mama sie an und gibt jedem welche. Unterschiedliche Reaktionen. Schmeckt ned, Lindwürmchen schüttelt den Kopf. Ganz anders Satansbraten. Sie sagt: Des schmeckt gut, leck mich am Abend.

*

Sonntagmorgens wird im Bett gekuschelt. Satansbraten hält sich nur bei Papa auf. Ach, komm halt auch mal zu mir, bettelt Mama. Satansbraten ist nicht zu erweichen. Mama, ein Meter Abstand, sagt sie, ich bin ein Papakind.

*

Jeder muss mal. Irgendwann. Kleine Kinder tun sich da leicht, die Windel fängt schon alles auf. Lindwürmchen hat auch noch eine solche, aber Lindwürmchen kombiniert die ganze Geschichte. Also : Sie muss bieseln. Sie langt zum Schlüpfer, zieht ihn aber nicht aus, sondern mitsamt der darunter befindlichen Windel am rechten Bein soweit vom Oberschenkel weg, dass die ganze Geschichte fast in kleinem Bogen nach draußen und unten entsorgt wird. Als sie das in der Wiese gemacht hat, hat Mama herzhaft gelacht, nicht nur wegen der zukünftig zu erwartenden Einsparungen an Windel-Unkosten. Denn die Windeln bleiben ja auf solch raffinierte Weise trocken und also länger nutzbar. Nass wird nur der Untergrund. Beim zweiten Mal hat das Ganze wieder gut funktioniert, nur dieses Mal war's im Wohnzimmer.

*

Und wenn nötig, dann hält Lindwürmchen eine ganze Abhandlung. Wobei sie eine Kurzform verwendet, in der alles Überflüssige wegbleibt. Bei Freunden wird gegrillt. Lindwürmchen kommt mittendrin zu Mama und sagt kurz und informativ : „Hob einigackit. Stinkert. Hoamfahrn !"

*

Bist du nicht schon zu groß für Milliflaschl, meint Opa und will Satansbraten die Milch in einem Becher geben. Nein, lehnt sie ab und bestellt energisch : Muich im Flascherl ! Und ja net blauwarm !

*

Für manche Angelegenheiten benutzt Lindwürmchen ganz einfach eine Kurzform. Versteht natürlich ein Fremder nicht. Opa schafft schon manches. Lindwürmchen sagt zum Beispiel : Elena hat ! Übersetzt heißt das, sie will auch das haben, was die große Schwester in Händen hält.

*

Lindwürmchen verblüfft alle. Sie ist jetzt zwei Jahre und zwei Monate alt und übertrifft Satansbratens damalige Leistung . Fordert man sie auf, bis zehn zu zählen, dann grinst sie und sagt: Eins, zwei, drei, vier, fünf, sechs, sieben, acht, neun, zehn !

*

Schon bei Satansbraten war Opa schwer beeindruckt, dass sie das Wort ‚ich' so schnell in Gebrauch hat. Und Lindwürmchen ? Oma sagt aus Versehen Elli zu ihr, da stellt sich Lindwürmchen vor sie hin, zeigt mit dem Finger auf sich selbst und sagt ernst : Ich Linda !

*

In der Schule hatte Opa mal die Kinder einer Handarbeitslehrerin, die kamen bis zur vierten Klasse stets in Gummistiefeln, weil sie mit Schuhbandln nicht umgehen konnten. Als Satansbraten nach einem Besuch sich wieder zum Heimfahren anzieht, schaut sie zu Opa auf und fragt: Kannst du mir mal zeigen, wie man eine Schleife bindet ?

*

Mama entdeckt in einem Gummistiefel eine kleine braune Wurst. Da war jemand der Weg zum Klo zu weit oder …. Warst du das, fragt sie Satansbraten.

Die schaut unschuldig nach oben und antwortet : Ich war's bestimmt nicht, vielleicht war's die Wand ?

*

Im Wohnzimmer steht eine Puppenküche mit allem möglichen Geschirr, darunter auch Besteck aus Plastik. Lindwürmchen spielt für sich allein und scheinbar ist das Schneiden von Plastik-Tomaten und Plastik-Zwiebeln einfach nicht realistisch genug. Und als sie mal musste, hat sie ihre Windel abgemacht, und siehe da, diese Würstchen lassen sich tatsächlich prima schneiden. Ja nicht nur das, die Ergebnisse kann man dann wunderbar auf alle Tellerchen und Schüsselchen verteilen. Jetzt haben nur noch ein paar Gäste gefehlt, denen man das gefüllte Geschirr hätte vorsetzen können.

*

Satansbraten war einmal verschwunden. Wie Mama gesucht hat, hat sich rausgestellt, dass sie zu anderen Kindern gegangen war, nur ein paar Häuser weiter. So was darf nicht passieren, hat Mama gemahnt, du darfst auf keinen Fall weggehen, ohne mir Bescheid zu sagen. Das klappt jetzt prima. Nicht nur bei Satansbraten, auch bei Lindwürmchen. Wenn sie weggehen, rufen sie laut zu Mama in die Küche : Bescheid ! und verschwinden.

*

Lindwürmchen kommt in der Nacht immer wieder von ihrem eigenen Bett ins Schlafzimmer zu Mama. Du kannst doch in deinem Bett bleiben, meint Mama, warum kommst du denn immer wieder zu mir ? Kann Lindwürmchen schon erklären. I mog dein Dusn, sagt sie.

*

Lindwürmchen kommt zu Mama und erzählt ihr, dass Satansbraten im Garten gegackit hätte. Mamas Suche bleibt dann aber erfolglos. Na ja, wäre nicht das erste Mal, dass Hund Pedro alles gefressen hat. War aber nicht so. Denn : Tags drauf, als Mama spazieren gehen will und sich anzieht, findet sie in ihren Schuhen säuberlich gerollte braune Knödel.

*

Lindwürmchen sieht, dass sich Satansbraten gerade zum Kuscheln bei Mama anschmiegt. Sie springt vom Sofa auf, rennt quer durchs Wohnzimmer und gibt der Schwester einen solchen Rempler, dass diese beiseite fliegt, und dabei ruft sie : Neda, des is mei Dusn !

*

Bei Oma und Opa in der Badewanne zu baden (zu Hause wird nur geduscht) ist noch schöner als Video schauen. Mit ein paar Kilo Spielsach kann man es schon eine schöne Zeit lang aushalten. Zwar hat Satansbraten mittensdrin mal gerufen: Mama komm mal, aber Mama hat beim Kaffeetrinken abgewunken und gemeint, da ist nichts Wichtiges. Wie man's nimmt. Oma hat nämlich wie alle Frauen ein paar Dufte- und Badesachfläschlein am Rand stehen, und nach Beendigung des Badevergnügens stellte sich raus, dass Lindwürmchen sich nicht mit einer einzigen Sorte Badezusatz begnügt hatte. Richtig voll war kein Fläschlein mehr.

*

Allmählich sieht's so aus, als wenn Geschichten über die Entsorgung der Notdurft überhand nimmt, aber was will man machen, wenn nun mal immer wieder was ist. Mama findet eine kleine durchsichtige Tupperdose, fest mit Deckel verschlossen, aber offensichtlich mit unangenehmem Inhalt. Na ja, muss sie's halt ins WC schütten. Als sie aber den Deckel runterzieht, haut es sie fast um. Satansbratens oder Lindwürmchens Hinterlassenschaft muss da schon länger drin gewesen sein. Der Gärungsprozess war schon arg weit fortgeschritten. Und der Duft dementsprechend.

*

Von vielen wird die Amerikanisierung angeprangert. Jetzt wissen wir : Zu Recht. Laura ist eine Woche auf Schul-Abschlussfahrt in der österreichischen Hauptstadt. Als Satansbraten gefragt wird, wo ihre große Schwester sei, antwortet sie : In Halloween.

*

Telefon läutet. Opa nimmt ab. Kommst du tum Dillen, will Lindwürmchen wissen. Was, fragt Opa, der mal wieder auf der Leitung steht. Kommst du tum Dillen, wiederholt Lindwürmchen geduldig. Tum Dillen ? Opa überlegt. Bob wird sie ja wohl nicht gemeint haben, der wäre zwar Opas Generation, aber über den Atlantik, das wär Opa viel zu weit. Mama muss gefragt werden. Lindwürmchen wollte nachfragen, ob Opa zum Grillen kommt.

*

Auch kurz vor dem vierten Geburtstag macht Satansbraten ihrem Namen alle Ehre. Sonntag Vormittag will Oma einen Kuchen backen. Sie holt aus dem Schrank ihre Küchenmaschine zum Teig rühren und kneten, schließt sie an - und stellt fest, dass sie nicht viel ausrichten kann bei zwei fehlenden wichtigen Teilen. Ach ja, Satansbraten hat ja ihre Versteckphase. Von der Zahnbürste bis zur Fernbedienung ist nichts vor ihr sicher. Leise fluchend macht sich Oma auf Suchsafari. Es dauert ein bisschen, aber nach einer halben Stunde findet sie unter dem Polster eines Sessels wenigstens ein Teil, rühren lässt sich jetzt immerhin der Teig. Das zweite Teil bleibt auf ewig verschwunden.

*

Gestern waren Oma und Opa beim Geburtstagskaffee, Satansbraten und Papa haben am selben Tag. Sie wurde 4 (vor ein paar Tagen hat sie mit den Fingern vorgezählt, wie alt sie wird, nämlich 4 und dann gefragt, wann werd ich wieder 3) und Papa etwas älter. Heute Morgen klingelt bei Opa das Telefon und Lindwürmchen erzählt ihm : Elena und Papa haben alle zwei Geburtstag und wir feiern. Pfiat di. Aufgelegt.

*

Jetzt im Winter bekommen beide von Mama das Gesicht eingecremt, bevor es nach draußen geht. Lindwürmchen liebt sowas gar nicht und macht oft genug Zicken. Eines Morgens schließlich, als Mama mit der Hautcreme kommt, wendet Lindwürmchen sich ab und sagt : Tut mir leid, Mama, eincremen kannst du mich wieder im Urlaub am Strand.

*

Eine Freundin mit Kind ist zu Besuch. Es wird gespielt, es wird Kaffee getrunken. Als die beiden sich verabschieden und ihre Schuhe anziehen wollen, geht das nicht so leicht. Im Kinderschuh ist Schokolade hineingeschmiert, im Erwachsenenschuh Teig vom Platzerl backen. Könnte eine Überraschung vom amerikanischen Father Christmas gewesen sein. War aber anders. Ich war's nicht, betont Satansbraten sofort, das war die Hexe Lillifee. Ja dann kann man nix machen.

*

Mama soll was vorlesen und hat keine Lust dazu. Ich hab' keine Brille dabei, heißt die Ausrede. Dann leih' dir halt die von Opa, meint Satansbraten. Der wehrt gleich ab. Ich brauch meine selber, sagt er, sonst seh ich nix mehr. Am nächsten Morgen schlüpft Lindwürmchen zu Mama ins Bett, streichelt ihr die Wange und sagt mitleidig: Net traurig sein, Mama, dass dir der Opa seine Brille net leiht.

*

Obwohl alle ihre Freunde mittlerweile im Kinder-
garten sind, will Satansbraten auch mit vier Jahren
nicht dort hin. Als Mama ihr es mal wieder vorschlägt,
sagt Satansbraten ernsthaft : Ich sag' dir was, Mama,
wenn du mich da hin bringst, dann klammere ich mich
ganz fest an dich und schrei so laut wie am Spieß.

*

In der Spielgruppe meldet sich Satansbraten und
sagt zur Spielgruppen-Tante : Kannst du mich mal
bitte auf's Klo schicken, ich muss nämlich bieseln.

*

*Und allmählich und kaum beachtet sind inzwischen
die Bezeichnungen Lindwürmchen und Satansbraten
verschwunden, die beiden werden nur noch mit ihrem
richtigen Namen gerufen. Da ist es doch an der Zeit,
dies Büchlein zu beenden. Die Erinnerungen aber, die
gedruckt wurden, können nie verschwinden, und das ist
nicht nur schön, sondern wertvoll.*

****

Weitere Bücher des Autors, alle im Internet bestellbar, auch als E-Book :

„Denn mein ist die Gerechtigkeit der Rache"

Für den jungen Ritter und Grafensohn Raimund von Bogen, Berufsmörder im Auftrag des Herzogs, wird das Leben gefährlich, als er einer kirchlichen Geheimorganisation in die Quere kommt. Roman über die Farben weiß und blau im bairischen Wappen. ISBN 978-3-8370-8403-0

„Und hüte dich vor den Mönchen"

Raimund von Fulinpach und Stephan von Tiers, Rekruten im herzoglichen geheimen Dienst, bekamen von ihren Eltern die gleiche mysteriöse Warnung. Was war vor zwanzig Jahren geschehen ? Eine unheimliche Gefahr bedroht Tiers. ISBN 978-3-8370-86157

„Der Janitschar von Salzburg"

Raimund von Fulinpach und Stephan von Tiers, die beiden jungen Ritter aus dem herzoglichen geheimen Dienst, werden an die Kirche ausgeliehen. Sie sollen mysteriöse Anschläge auf den Fürst-Bischof zu Salzburg aufklären und stoppen. Bald geht es für die beiden um Leben und Tod. ISBN 978-3-8370-8616-4

„Femegericht im Inntal"

Gefesselte Leichen im Inn mit eingebranntem F auf der Stirn. Die Angst geht um. Ein Fall für Raimund von Fulinpach und Stephan von Tiers, dem erfolgreichen Duo aus dem herzoglichen geheimen Dienst. Für Raimund ist der Einsatz doppelt wichtig, denn er ist der neue Burggraf auf der Feste Kufstein. ISBN 978-3-8370-3449-3

„Der Thör vom Samerberg"

Merkwürdig – nur Kinder von Bergbauernhöfen sind spurlos verschwunden. Man weiß keine genauen Zahlen, rechnet aber im Gebiet vom Samerberg bis Berchtesgaden mit über zwanzig solchen Fällen. Gemeinsam mit Mönchen aus dem Kloster Berchtesgaden sowie einem Trupp Zigeuner nehmen Raimund von Fulinpach und Stephan von Tiers, die beiden jungen Ritter aus dem herzoglichen geheimen Dienst, eine verzweifelte Suche auf. Als es um Leben oder Tod geht, spielt ein einfacher, armer Bergbauer vom Samerberg die entscheidende Rolle. ISBN 978-3-8391-1677-7

„Der Schwarze Mann von Rosenheim"

Die Bewohner des Marktes Rosenheim werden von einem Unheimlichen terrorisiert. Bei einem Auftrag, der die beiden jungen Ritter Raimund von Fulinpach und Stephan von Tiers aus dem herzoglichen geheimen Dienst bis in das Land der Magyaren führt, finden die beiden die Wurzel des Übels. ISBN 978-3-8423-5408-1

„Der Untergang Mekkas im Mangfalltal"

Angst und Schrecken befallen die Menschen im Mangfalltal. Die Pfarrer auf der Kanzel warnen vor einem umherziehenden muslimischen Prinzen, vor einem Teufel in Menschengestalt. Ein weiterer Fall für Raimund von Fulinpach und Stephan von Tiers, die beiden jungen Ritter aus dem herzoglichen geheimen Dienst. Durch ihre Hilfe findet ein Mann, der seit über zwei Jahrzehnten nach seinem entführten Sohn sucht, wieder Ruhe und Gewissheit. ISBN 978-3-7386-2747-3

* * * * *

„Der geerbte Troll"

Familie Pfeiffer erbt ein altes Haus im Dörflein Au. Was die Großen nicht merken, wohl aber Annemarie: Sie haben mit dem Haus auch einen Troll geerbt. Und der kann alles ganz schön durcheinander bringen. ISBN 3-86548-396-8

„Geteilter Troll ist doppelte Freundschaft"

Die Leute wissen es gar nicht, aber an allem, was im Dorf Au Besonderes passiert, ist ein Troll schuld. Den kennen nur Annemarie und ihr Freund Achim. ISBN 978-8-3702-1776

„lauter kleine geschichten für lauter kleine leute"

Geschichten zum Vor- oder Selberlesen, vom kleinen Feuerwehrmann, vom kleinen Affen, vom kleinen Riesen, vom kleinen Ritter, vom kleinen Buchstabendieb und manchen anderen. ISBN 978-3-8370-8412-2

* * * * *

„Sieben Leichen auf der Rosenheimer Bowlingbahn"

Sieben Leichen, ist das nicht ein bisschen viel ? Kriminaloberkommissar Wernfried Lanzelot Kobbs, von seinen Kollegen im Landkreis liebevoll Rosenheim-Kobbs genannt, hat einen schrecklichen Verdacht. ISBN 978-3-8370-8822-9

„Rettet das Vaterland ! Oder wenigstens das Dörflein Au."

Einer der meistgesuchten Terroristen hinterlässt zwar regelmäßig eine Spur, aber die Geheimdienste kommen ihm nicht auf dieselbe. Da bekommt das Rentnerehepaar Isolde und Isidor Bachmeier aus dem Dörflein Au am Fuße des Wendelsteins einen Auftrag vom BND, und die beiden führen die Jagd auf ihre Weise. ISBN 978-3-8448-1810-9

* * * * *

„Kommissar Batdorj und die alten Helden von Chowd-Aimag"

Sie waren einst die Besten der Besten, gefürchtet in der ganzen Welt, Spezialisten der Roten Armee. Sie arbeiteten weltweit, leise und mit tödlicher Sicherheit. Im Kampf gegen Korruption und Organisiertes Verbrechen zieht Kommissar Batdorj mit ihnen ungewollt ein Ass aus dem Ärmel : Die alten Helden von Chowd-Aimag. ISBN 978-3-7322-3512-4

„Kommissar Batdorj und der gestohlene Fluch des Dschingis Khan"

Ein gestohlener Fluch - für den brummigen Chowder Kommissar ein geradezu lächerlicher Fall. Doch es wird ein Albtraum daraus, der sogar die Regierung der Mongolei bedroht. Und obwohl Batdorj die Unterstützung des Geheimdienstes erhält, kommt er den mysteriösen Tätern nicht auf die Spur. Das ändert sich erst, als ein emeritierter Professor aus dem fernen Bayernland auftaucht. Handfest wird die Geschichte dann durch die Mithilfe von Bewohnern eines Altenheimes für ledige Offiziere, alle ehemalige Spezialisten der Armee, die im Umgang mit Waffen nicht ganz so zimperlich und gesetzestreu sind wie der Kommissar. ISBN 978-3-7386-0917-2

„Fiasko in Rom"

Ein biederer Volksschullehrer aus dem kleinen Dorf Au macht sich in Rom auf die Suche nach den großväterlichen Wurzeln und stolpert in den Krieg zwischen Mafia und Geheimdienst. Als die Hauptperson auf der Seite der Guten erschossen wird, lässt er sich dazu überreden, an vorderster Front mitzumischen. ISBN 978-3-8391-0626-6